八神鏡
ill. あろぁ
誰にも懐かない
飛び級天才幼女が、
俺にだけ甘えてくる理由

「それでは……いただきます」

ぱくっ。

小さな口が、タケノコのチョコにかぶりつく。

俺の指ごと、お菓子と一緒にもぐもぐされていた。

ぷにっとした感触と、

微かにとがった歯の感触がこそばゆい。

お菓子を渡すつもりだったのに、

まさかこうやって食べられるとは思わなかった。

「――あみゃいです」

「待たせてしまったでしょうか」

「ドライヤーかけるよ」

「んっ」

Darenimo natsukanai

tobikyuu TENSAIYOUJO ga,

ore ni dake AMAETEKURU riyuu

CONTENTS

誰にも懐かない飛び級天才幼女が、俺にだけ甘えてくる理由

八神鏡

GA文庫

カバー・口絵・本文イラスト

あろあ

プロローグ　七歳の女子高生

彼女を初めて認識したのは、高校の入学式の時だった。

「星宮《ほしみや》ひめです。今日から皆さんと同じ高校一年生となります」

舞台上で佇《たたず》む彼女に目を奪われた。

透き通った真っ白い肌。長くて煌《きら》びやかな銀髪。爛々《らんらん》と輝く深紅の瞳《ひとみ》……どれも印象的で、綺麗《きれい》な少女だと思う。

まるで絵本の中から飛び出したような、現実感のない美を有している。

でも、視線が釘付《くぎづ》けになったのはそれが一番の理由じゃない。

（……小さい）

背が、ではない。

体のパーツ全《すべ》てが、小さい。

つまり——幼かったのだ。

「見た目通り年齢は七歳なのですが、飛び級して入学することになりました」

容姿が幼く見えるだけの高校生ですらない。

Darenimo natsukanaito bikyuu TENSAIYOUJO ga, ore ni dake AMAETEKURU riyuu

正真正銘、星宮ひめは子供である。

そのせいか、先程まで静かにしていた生徒たちがざわついていた。

「それでは、新入生代表挨拶《あいさつ》をさせていただきます。お騒がせして申し訳ありません……どうぞよろしくお願いします」

丁寧に頭を下げて、星宮ひめが新入生としての抱負などを語りだす。

淡々と抑揚のない声は、微《かす》かに舌ったらずではありながらも、とても落ち着いている。

話し始めた途端、小声でひそひそと話していた生徒たちは全て口を閉ざした。

みんな無言で彼女の話に耳を傾けている。もちろん俺《おれ》も、いつの間にか彼女に意識を集中させていた。


――ああ、この子は『特別』なんだ。


まるで、違う世界の人間を見ているような感覚に陥《おちい》る。

どうして彼女から目が離せないのか分かった。

たぶん、憧憬《どうけい》に近い感情を抱いているのだと思う。

星宮ひめという特別な少女を、ずっと見ていたいと思ったからだ。

『星宮ひめは海外の大学で卒業資格を取得していること』

『今も海外の研究チームと協力していて多忙なこと』

『そんな立場でありながらも、事情があってこの学園に飛び級で在籍することになったこと』

『入試の試験で一位を獲得したので、代表挨拶をすることになったこと』

実際、スピーチの直後に行われた司会の教員による星宮ひめの紹介で明かされた事実は、彼女の特別さを裏付ける証拠となった。

それが意味することとは、つまり。

(俺とはまったく違う人間だなぁ)

普通の高校生である、俺——大空陽平《おおぞらようへい》とは関係がないということだ。

そもそもあの子と俺は住んでいる世界が異なっている。

親しくなることはもちろん、かかわることさえもほとんどないだろう。

舞台上で丁寧にお辞儀をして、ゆっくりと歩く彼女を眺めながら、そんなことを考える。

しかし思ったよりも早く、星宮ひめという少女とのかかわりが生まれることになる。


(……なんでここにいるんだろう？)

入学式と、新しいクラスでのホームルームも終えた後のこと。

帰宅しようと校内を歩いていたら、教員に呼び止められて空き教室のゴミ捨てを命じられた。

不運を嘆きながらゴミ捨て場の場所を教えてもらって向かうと、そこに白銀の少女を見つけたのである。

星宮ひめ……ちゃん？　いや、同級生だから星宮さんでいいのか。

彼女がゴミ捨て場のスペースを仕切るブロックにちょこんと座っている。ひざを抱えて体育すわりしているせいか、ただでさえ小柄なのに余計に小さく見えた。

「………」

無言で、無表情で、彼女はぼんやりとこちらを眺めている。

何か言いたそう……にはまったく見えない。ただここに俺がいるから見ているだけ、というような表情だと思う。

一応声をかけた方がいいのかと思って呼びかけてみる。

「ごめん、隣通るよ」

「……どうぞ」

小さく頷《うなず》いてはくれたものの、星宮さんの表情はどこか硬い。いきなり話しかけて警戒させてしまっただろうか。

ひとまず足早にゴミ捨て場に近づいて、抱えていたゴミ袋を置いた。入学式初日にもかかわらず複数個置かれていたので、念のため並べて後の人が困らないように配慮する。

さて、これでようやく帰れる。そう思ったものの、やっぱり意識の片隅に星宮さんの影はち

らついているわけで。

(……なんでここにいるんだろう?)

同じことを考えるのはこれで二度目。少し不自然な状況なので、疑問が頭から離れない。

まさか体調不良、ではないよな?

気になる……けど、付きまとわれることを星宮さんは望んでいないようにも感じる。

なので、もう一言だけ。もし億劫《おっくう》そうな態度が見えたら即座に離れよう。

そう決めて、足を止めた。

「あの……何してるの?」

「…………」

星宮さんは先程と同じ位置にいる。

微動だにせず、未《いま》だに俺をぼんやりと眺めていて……話しかけられても数秒ほど反応はなかった。

やっぱり気にしすぎかな。迷惑にならないように立ち去った方がいいのかもしれない——

と考え始めた頃合《ころあい》いで、ゆっくりと星宮さんが口を開く。

「難しい質問です」

「難しいって、何が?」

「何をしているか、という問いに対する解答です」

「えっと……ごめんね、無理に答えなくてもいいんだけど」

「いいえ。無理ではありません。ただ『迷子をしている』という日本語が間違っていると分かっている上で、意味が分かりやすいので使った方がいいのかどうか悩んでいます」

まず、落ち着いた話し方に内心で驚いていた。

単語の使い方も、文章の滑らかさも、語彙《ごい》力の豊富さも、子供離れしている。

入学式の時にも思ったのだが、やっぱり言動が大人びている。七歳とは思えないほどに。

おかげで状況がすぐに理解できた。

「つまり……迷子ってことか」

たしかに日本語としては適切ではないかもしれないけど、分かりやすい。

「校門に向かっていたのですが、初めての場所だったので道が分かりませんでした」

「それはまた、災難だったね」

「見通しが甘かっただけです。迷っているとはいえ学校の敷地内なので広さはたかが知れています。歩いてさえいればいつか校門に到着できると判断しました。ただ、そこまでの体力が足りなかったようで」

「だから座って休んでたのか」

高校生の俺からすると、学校の敷地内は歩いていて疲れる距離ではない。でも、星宮さんは七歳である上に、見た目も華奢《きゃしゃ》で小柄なので、体力は少ないのかもしれない。

なるほど……彼女の事情を知って、色々と腑《ふ》に落ちた。

あと、声をかけた判断は間違っていないことを確信できて安堵《あんど》した。

「そういうわけなら、一緒に校門に行く？　どうせ俺も今から帰るところだから」

「……いいのですか？　迷惑にならないでしょうか」

「迷惑だと思う理由がないよ」

首を横に振って否定する。星宮さんはそんな俺を見て、少しだけ目を大きくする。驚いているのかな？

リアクションが薄くて分かりにくいけど、たぶんそうだと思う。

「いえ……あなたの前にも何名かゴミ捨てに来た方がいたのですが、皆さんわたしと目が合うとそそくさと去っていったので。かかわるのも嫌なのかな、と」

「そんなことないと思うけどなぁ」

でも、星宮さんに話しかけるのが恐れ多いと感じる気持ちは、分かる。

俺もためらいはあった。話しかけることができたのは、心配の気持ちが強かったおかげだと思う。

なので、良かった。こうして少しでも助けになれて。

「じゃあ、行こうか」

「はい……よろしくお願いします」

その声を合図に立ち上がった星宮さんは、俺の数歩後ろを歩きだした。

彼女の小さな歩幅を意識して、いつもよりゆっくりと歩みを進める。

「「………」」

二人とも道中はずっと無言だった。

ぎこちないから……というよりは、お互いの距離感を加味した上で、無言が一番何事も起きない選択肢と判断してのことである。

言葉を交わさなければ何も生まれない。

悪いことも。もちろん、良いことさえも。

ただ、時折振り向くとそのたびに目が合ったので、それだけはちょっと気になった。

ずっと俺を見ていたのだろうか……もしそうなら、少しは話しかけても良かったのかもしれない。

なんて後悔しても、もう遅い。

道さえ分かっていれば校門までは十分もかからない。無言の時間もあっという間に終わった。

「じゃあ、俺はもう帰るよ」

校門に到着してそう告げると、星宮さんは丁寧にぺこりと頭を下げた。

「ありがとうございました」

「いえいえ。次からは迷子に気を付けて」

「はい、もう迷わないように気を付けます」

落ち着いた仕草は、やっぱり七歳の子供には見えないほど大人びている。

「道案内……助かりました」

でも、直後に見せた安堵の表情は年相応にあどけなくて。

無表情から一転、ほっぺたがふにゃりとゆるんだ。切れ長の目も、口角が上がったおかげで細くなっている。透明だった肌にもわずかな朱が差していた。

安心したせいか力が抜けたのかもしれない。さっきより表情が柔らかい。

そんな彼女を見て、失礼かもしれないけどこんなことを思ってしまった。

――かわいいなぁ、と。


そして、それがきっかけに俺と星宮さんが仲良くなる……なんて展開は、もちろん生まれることはなく。

あるいは同じクラスであれば、何か進展もあったのかもしれない。

でも俺と彼女は違うクラスなので、この日以降は顔を合わせることもなかった。

時折見かけても、遠くから眺めるだけで目が合うこともなく『他人』として時は流れていく。

そうして一年が経過して、二年生となり……俺と星宮さんは、同じクラスになった。

『あの時道案内した俺です！　仲良くしよう！』

なんて元気良く声をかけられるタイプでもないし、そもそもきっかけとなる理由が一年前の出来事なんて薄すぎる。

道案内した出来事はもうなかったことになったと言っても過言ではない。

唯一の俺と彼女の接点はとうの昔に消えていた。

もしあの時、意を決して話しかけていればどうなっていたのかな。

……なんてたられぱの話をしたところで現実は変わらない。このまま彼女との関係は他人のまま二年生が終わるのだろう。

そう思っていた矢先。

奇跡的に二度目のかかわりが生まれることになる。

それは六月の中旬。

梅雨のジメジメした季節の出来事だった——。

第一話　まさかの両想い

Darenimo natsukanaito bikyuu TENSAIYOUJO ga, ore ni dake AMAETEKURU riyuu

月曜日。ただでさえ気分が重い週の始まりだというのに、寝不足のせいでこの日は少し体調が悪かった。

（やっぱり、徹夜でゲームは体に響くなぁ）

後先を考えない日曜日の自分に腹が立つ。食欲がなかったので朝食は抜いた。せっかく作ったのに、という母の小言を聞き流して家を出る。

蒸し暑い。梅雨のせいで湿気が酷い。早朝に雨が降ったのか道に水たまりがいくつかできていたので、踏まないように気を付けて学校へと向かう。

道中、コンビニで弁当とお菓子を購入したのはいつものルーティン。昼頃には食欲も戻っていて唐揚げ弁当を完食できた。デザートのお菓子はさすがに入らなかったけど。

そして放課後。すぐに帰宅したかったものの、睡魔が限界を迎えていたので目を閉じる。

少し眠った。一時間くらい。

起きたら気分はスッキリしていた。あと、クラスメイトがほとんど帰宅していて、教室には俺《おれ》だけ……かと思ったら、すぐ隣にあの子がいた。

(星宮《ほしみや》さん、まだ残ってたんだ)

年齢は七歳――ではなく、入学して一年が経過しているのでもう八歳か。

星宮ひめが読書をしていた。

椅子《いす》に座っていても地面に届かない足をぶらぶらと揺らしている。本に集中しているのか俺が見ていることにも気付いていない様子。

席替えで偶然隣になった。とはいえ今まで一度も会話したことはない。

「…………」

綺麗《きれい》な横顔だった。時折目にかかるのか、細い銀糸のような髪の毛をはらう仕草がとても様になっている。英字の難しそうな文章に向けられた深紅の瞳《ひとみ》は、眺めているとなんだか吸い込まれそうなほどに澄んでいる。

顔のパーツだけ見ると本当に美人だ。

でも、実年齢が幼いせいであどけない雰囲気がまだ強く、美人というよりはかわいいという表現が適切だと思う。それでも絵本の登場人物みたいに可憐《かれん》であることは間違いないけど。

相変わらず、違う世界の住人みたいで。

俺とはかけ離れた存在だなと、改めて思わされる。

さて……そろそろ帰ろうかな。

あんまりジロジロ見ていたら星宮さんも気分を害するだろうし、そもそも二人きりという状況も好ましくはないのか。

『ぐ〜』

立ち上がりかけた瞬間、無音の教室に気の抜けた音が鳴り響いた。

音の発生源が俺の腹部なら、少し恥ずかしい程度で困ることはなかったと思う。

「……っ」

でも、残念ながら音を発したのは隣の少女——星宮さんだ。

聞こえなかったふりはできないほどのおなかの雄叫《おたけ》びのせいで、真っ白いほっぺたがほんのりと紅潮している。

ぶらぶらと揺れていた足も今は止まっていた。

「すみません」

俺の視線に気付いていたのだろう。

恥ずかしさのせいなのか、必要もなく謝られてしまった。大丈夫、気にしてないよ。

「おなか空《す》いてるの？」

無言の時間が長引くことに比例して星宮さんの耳まで赤く染まり始めたので、空気を紛らわすためにも声をかけることに。

「……ちょっとだけ」

予想通り、おなかの音は空腹の主張だったみたいだ。

家に帰って何か食べるのは……という提案は却下。

居残りしているということは何か理由があってのことだろう。あるいは本が面白《おもしろ》すぎる、という線もなくはないか。

いずれにしてもまだもう少し教室には残るように見える。それなら、と朝にコンビニで購入したお菓子をカバンから取り出した。

「食べる？」

差し出したのは、タケノコの形が印象的なチョコレート菓子。よくキノコ派と争っている好戦的なあれである。

「それはなんですか？」

「お菓子だよ。あ、もしかして甘い物は苦手？」

「いえ。甘い食べ物は好きですが……食べた経験がないものなので」

態度は少しよそよそしい。

ただ、興味はあるのだろうか。本から視線を外して、星宮さんはちょっとだけ前のめりになって俺の手元をじっと見つめている。

珍しい。これを食べたことがないって……そういえば海外の暮らしが長いといううわさを聞いたことがあるので、その影響もあるのかもしれない。

事情はともあれ、経験がないのなら一つ試してほしいなという好奇心が湧《わ》き出てくる。

お菓子好きとしてタケノコのお菓子はぜひオススメしたいところ。

「どうぞ、良ければ食べて」

「……どうやって食べるのでしょうか」

あ、なるほど。

なかなか受け取ってくれないなと思っていたのだが、扱い方が分からない様子。

こういうのは口でやり方を説明するより見せた方が早いだろう。星宮さんが見えやすいよう
箱の位置を下げて開封した。

袋から一つ、指先でつまんでそっと差し出す。

彼女はきょとんとした顔でお菓子を見つめている。

「そのまま食べてもいいのですか?」

「うん。もちろん」

遠慮しないで受け取っていいよ、と伝えたつもりだったのだが。

しかし、彼女は違う受け取り方をした。

「それでは……いただきます」

ぱくっ。

小さな口が、タケノコのチョコにかぶりつく。

ここで問題が一つ。

（……くすぐったい）

俺の指ごと、お菓子と一緒にもぐもぐされていた。

ぷにっとした感触と、微《かす》かにとがった歯の感触がこそばゆい。

もしかして『そのまま食べていいのか』とは、俺の指から直接食べていいかという意味だったのだろうか。

それだけおなかが空いていて、手に取るのも我慢できなかったのかもしれない。

びっくりした。

お菓子を渡すつもりだったのに、まさかこうやって食べられるとは思わなかった。

「――あみゃいです」

もっとびっくりした。

いつもはあまり動くことのない表情が、ふにゃりとゆるんだ。

チョコが彼女の熱で溶かされるように、星宮さんはお菓子の甘さにとろけている。

この子は普段まったく笑わない。

無表情でいることが多く、まるで人形のように精巧な表情を崩さない。それはそれで綺麗なのだが、だからこそ冷たい雰囲気もあって、どこか近寄りがたさもあった。

でも今は違う。

「とっても、おいしいです」

目を細めて、幸せそうにもぐもぐとしながらも、ほっぺたを押さえている姿に目を奪われた。

冷たさも、近寄りがたさも、決して感じない。

今の星宮さんは子供っぽくて愛らしい。

見たことがない彼女のあどけない一面に、心までもがくすぐられたかのようなこそばゆさを覚えた。

「……もっと食べる?」

「はいっ」

まるで、親鳥が雛《ひな》に餌《えさ》を与えるかのように。

星宮さんは俺の手からタケノコのお菓子を頬張《ほおば》り続ける。

空腹と、それからお菓子の味に魅了されているせいか、星宮さんはずっと俺の手から食べ続けている。

できれば、自分で食べた方がいいと思ってはいるのだが。

「……えへ」

あまりにも美味《おい》しそうに食べるので、余計な口を挟もうという気分にはなれない。

一つ食べるたびに、幸せそうにほっぺたを押さえて甘さを噛《か》みしめる彼女を見ていると、一年前の記憶が蘇《よみがえ》ってきた。

そういえば、星宮さんを迷子から助けた時もこんなことを思った。

（かわいいなぁ）

経歴も、才能も、容姿も、何もかもが異次元で、違う世界の住人だと認識していた。

でも、こうしてみると星宮さんは……意外と、普通の子供で。

それがとても愛らしいなと感じたのである。

……これが、俺と彼女の二度目のかかわりだった。


三度目は翌日の朝。

教室に入って自分の席に向かっていると、その途中で星宮さんが俺の存在に気付いた。

目が合った。しかも彼女は俺を見て、微かに声を上げた。

「……あ」

くりっとした目を向けられて、一瞬ためらいを覚える。

昨日はお菓子をあげてすぐに帰った。あまり雑談をしなかったので親しい仲と表現するにはまだ関係が浅い。

ここで何も言わなければ、恐らく関係値はゼロに戻る。

一年前と同じだ。奇跡的に生まれた接点が消えてまた他人となる。

――それは少し、嫌だった。

「おはよう、星宮さん」

ためらいは一瞬。後悔の記憶が蘇った時にはもうあいさつの言葉をかけていた。

すると、星宮さんはどこか安堵《あんど》した様子で小さく頷《うなず》いてくれた。

「……おはようございます」

たったそれだけの出来事。

されど、たった一つのあいさつは、昨日の出来事をなかったことにさせない楔《くさび》となる。

四度目のかかわりはその日の放課後。

学校が終わって帰宅準備をしていると、何かを感じたので隣を見た。

(見られている……?)

しかも何か言いたそうな表情で星宮さんがこちらに視線を向けている。

「………」

ただ、彼女は口を閉ざしたまま動かない。

だから待った。気付かないふりをして帰るなんて選択肢はない。一年前の後悔にはもう何度も反省させてもらった。これ以上お世話になるつもりはない。

「あの、昨日のお菓子……ありがとうございました」

星宮さんが話しかけてきたのは、先日と同じく誰《だれ》もいなくなってからだった。

「いえいえ。昨日のお菓子は口に合った?」

「もちろんです。まるで幸せという概念が味になったみたいでした」

「それは良かった」

「……はいっ」

軽く笑いかけると、星宮さんは柔らかい表情でこくんと頷いてくれた。

昨日よりも慣れてくれたのかもしれない。よそよそしさも軽くなった気がする。

「実は今日も持ってきてるんだけど、食べる？」

お菓子は基本的に常備している。

普段は適当に気分で購入するのだが、今日に限っていうと、もしかしたらまた星宮さんにあげるかもしれないと意識してお菓子を選んでいた。

「でも、連日は申し訳ないです」

とはいえ、まだ少し距離も感じる。

遠慮がちに目を伏せている星宮さん。強引《ごういん》に押し付けるのはちょっと違うと思うので、その代わりにお菓子を取り出してパッケージを見せた。

「今日持ってきたのは、昨日食べたタケノコと似ているキノコのお菓子なんだけど」

「キノコです、か」

あ、やっぱり食いついた。

視線がパッケージに釘付《くぎづ》けだ。甘いお菓子の誘惑は、少女の理性を甘く溶かす。

「同じメーカーの商品ですが……形の他に何が違うのでしょうか」

「大きく違うのは生地かな。タケノコはクッキー生地だけど、キノコはクラッカー生地だから、食感がまったく違うよ」

「それはまた……興味深いです」

「気になるんだったら一つ、どうぞ」

袋を開けて、指につまんで、そっと彼女に差し出してみる。

「ご迷惑じゃないですか？」

「迷惑だと思う理由がないよ」

一年前と同じセリフが出たのはもちろん無意識だった。

なかったことになったけれど、あの時の記憶を俺は鮮明に覚えている。だから言葉にした後で、同じセリフだと気付いた。

もちろん星宮さんは忘れているだろうけど——と、思っていたのだが。

「……その言葉は、好きです」

少し、リアクションが違った。

星宮さんは小さく声を弾ませて、差し出したキノコのお菓子をぱくっと食べた。

昨日と同じように、俺の指ごと。

今日は空腹というわけでもないと思うけど、最初の食べ方で慣れてしまったのかな。

まぁ、悪い気はしない。少しくすぐったいけど、お菓子を食べる星宮さんがあまりにも愛らしいので、ずっと眺めていたいくらいだ。

もぐもぐと食べる彼女に、今日もしばらくお菓子をあげ続ける。

「……甘くて、幸せな味がします」

星宮さんは笑った。

小さな笑みだけど、やっぱり彼女の笑顔は……かわいかった。

そうしてお菓子をあげるのは、連日の日課となって。

「今日はチョコパイの実ってお菓子なんだけど」

「ありがとうございます。これは……食感がとてもいいですね」

「なんとこの生地、六十四層も重なってるみたいよ」

「だからこんなにサクサクしているのですか」

次の日も。

「今日はコアラの絵がかわいいビスケットを食べてみてほしくて」

「わぁ、本当です。マーチングバンドをしているのでしょうか？　かわいいですね」

「中にチョコレートが入ってて美味しいよ。口に合えばいいいんだけど」

「心配は不要です……陽平《ようへい》くんの選んだお菓子は、センスがありますから」

星宮さんと話すようになって、数日が経過した頃だった。

「——え？」

陽平くん。

初めてそう呼びかけられた時、驚きのあまり呆然《ぼうぜん》としてしまった。

「どうかしましたか？」

「いや、えっと……名前、覚えててくれてたんだなって」

自分で言うのもなんだけど、俺は至って特徴のない平凡な人間である。

存在感が薄いせいか名前を覚えられにくいタイプのようで、クラスメイトや担任の先生にも呼びかけられることは少ない。

更に言うと、たとえ呼びかけられたとしても苗字《みょうじ》の『大空《おおぞら》』がほとんどで、名前を口にするのは身内だけだ。

だからこそ、呆然として声を上げるくらいびっくりした。

「クラスメイトですから」

俺とは真逆。星宮さんは平然としている。

むしろ、驚かれたことに少し納得いかないと言わんばかりで。

「ちゃんと覚えていますよ。陽平くん？」

透き通るような声で、再び名前を呼んでくれた。

不思議だ……ただ名前を呼ばれただけなのに、すごく嬉《うれ》しい。

存在が認められたような気がして、気分が浮かれそうだった。

「ありがとう、星宮さん。覚えていてくれて」

「……忘れるわけがありません。陽平くん、なんだか変ですね」

思わず伝えてしまった感謝の言葉に、星宮さんは肩をすくめて首を傾《かし》げる。

お礼を言われる意味が分からない、と。

あなたの名前を覚えているなんて当然だ、と。

言葉ではなく態度でそう示す星宮さん。

たぶん、彼女にとっては特別なことではなかったのだろう。

だからこれ以上は何も言わずに、俺はもう一つお菓子をさしだした。

「ごめんごめん。お菓子、もっと食べる？」

「……いただきます」

ぱくっ。

星宮さんは嬉しそうに頷いて俺の指ごと頬張った。

（か、かわいい……！）

まずい。今までよりも更に心が掴《つか》まれた気がする。

お菓子をもぐもぐと食べる星宮さんが、いつも以上に愛らしいと思ってしまっていた。

……少しずつ、距離が近づいていく。

初めて名前で呼ばれた。

年下に『くん』で呼ばれるのは少し気恥ずかしさもあったが、なんとなく慕われているように感じて、すごく嬉しかった。

星宮さんも慣れてきてくれたのか、日に日に遠慮やよそよそしさがなくなっていく。

おかげで、最初は無に等しかった雑談も、徐々に増えてきた。


「そういえば、陽平くんが持ってくるお菓子のお値段はどれくらいするのですか?」

この日はチョコが先っぽまでぎっしり詰まっているノッポな棒状のお菓子を食べていた。

先端からぱくぱくとリスみたいに頬張りながら、星宮さんが質問を投げかけてくる。

「こんなに美味しいのですから、さぞかしお高いのでしょう?」

「そうでもないよ。だいたい百~三百円の間くらいかな?」

「またまた、ご冗談を」

「いや、本当だけど」

「……こんなに美味しいのに、それくらいのお値段なのですか? 今、日本はもしかして深刻なデフレで正常な価格が維持できないのでしょうか」

さすが飛び級している天才少女。

景気の調子に伴う物価変動を八歳にして理解していることは見事。だからこそ余計に、お菓子の値段を知らないことに違和感がある。

もしかしてこの子……。

「星宮さん、コンビニって知ってる？」

「こんびに？　あ、コンビニエンスストアの略称でしょうか。それなら聞いたことがあります」

「……聞いたことあるだけなんだ。行ったことは？」

「ないです。それがどうかしたのでしょうか」

「いや、俺が買ってくるお菓子はいつもコンビニで買ってるよって教えたくて」

「そうなのですか……すごく、興味深いです」

「普段は買い物とかしないの？」

「はい。必要なものはお手伝いさんに用意してもらっています」

やっぱりそうだ。話を聞いて確信した。

星宮さんって、いわゆる『世間知らずのお嬢様』ってやつなんだ。

そういうことなら誘いやすい。

「今度、機会があったら一緒に行ってみる?」

「……いいのですか?」

「うん。たくさんお菓子があるからぜひお店で見せてあげたいなぁって」

「見せてあげたいだなんて、そんな……ありがとうございます。楽しみにしていますね」

星宮さんは嬉しそうに頷いた。

お世辞や気を遣わせた上での了承ではない。素直な反応に安堵の息がこぼれる。

実は誘った時に緊張していた。

良かった。断られなくて。


最初はおかしを食べている時間の方が長かった。

だけど次第に、言葉を交わす時間の方が増えてくる。

「星宮さんって、英語の本を読んでるの?」

この子は不思議が多い。おかげで言葉を交わすたびに気になることが溢《あふ》れてきて、いつしか俺からもよく質問するようになっていた。

「はい。暇つぶしにもなりますし、知識も増えるので」

「意味も分かるんだよね……すごいなぁ」

感心するあまり無意識に称えていた。もちろん本音である。

ただ……星宮さんほどの人間であれば、すごいなんて賞賛されることには慣れているはず。

かわいい子にかわいいと言ったら逆に警戒されるように、彼女も疎ましく思うかもしれない。

一瞬、不安になったものの。

「すごいだなんて……照れちゃいますね」

結局ただの考えすぎだ。

星宮さんは擦《す》れていない。褒《ほ》め言葉をありのままに受け取ってくれる素直な子だった。

「わたしは一度見たものを全《すべ》て覚えられるので、言語の習得は得意かもしれません。いわゆる『瞬間記憶』というものです」

「一度見ただけで？」

「はい。おかげで勉学においてはとても助かっています……ただ、良いことばかりでもなかったりしますが」

聞いている限り便利な能力。しかしちゃんと代償もあるようで。

「情報量の多い媒体が苦手です。テレビやインターネットは特に苦手で……長時間見ていると、色々な情報が頭に流れ込んできて気分が悪くなってきます」

今時、メディアに一切《いっさい》触れないのは珍しい子だと思う。

だから星宮さんは世間のことをあまり知らないのかもしれない。

「パソコンやスマホが使えないわけではないのですが、それが理由で連絡を取る時以外は電子機器に触れる機会がほとんどありません」

ＳＮＳも、ネットニュースも、投稿動画も、配信も、現代の子なら当たり前のように見ている媒体を知らないということか。

……なんとなく、彼女が普通とは違う雰囲気を持つ理由が分かった気がする。

悪意や虚偽に満ちた情報を遮断しているからこそ、こうして純粋に育ったのだろうか。

「……ごめんなさい。恵まれているのに贅沢な悩みですよね。鼻についちゃったでしょうか」

黙り込んで考えていたせいか星宮さんは少し不安そうな表情を浮かべる。

ありえない。もちろんネガティブなことなんて思っていないので、すかさずフォローを入れた。

「いや、そんなことないよ。漫画とかアニメに出てくるキャラみたいでかっこいいなぁって思ってた」

「かっこいいです、か？　あの、えっと……あんまり褒められると嬉しくて顔がふにゃふにゃになっちゃうので、お手柔らかにお願いします」

どうしよう。褒めたら褒めるだけ照れてモジモジする様子がとても愛らしい。

「陽平くんは褒め上手なので、お話ししていると胸がすごくほっこりします」

いやいや、それはこっちのセリフだよ。

星宮さんと話している時間は、本当に穏やかで心地良かった。


こんな話もした。

「星宮さんってなんでいつも残ってるの？」

ずっと気になっていたことの一つ。

放課後になっても彼女は決まって教室に残る。俺がお菓子をあげて帰宅した後もまだ帰っていない様子だ。何か用事があることは間違いない。

今まで踏み込むべきかどうか悩んでいたけれど、親交も深まってきたこのあたりで聞いてみようと決心した。

「お姉ちゃんを待っています。いつも一緒に帰っているので」

彼女はあっさりと教えてくれた。どうやら俺が邪推しすぎていただけで、深い事情や特別な理由があったわけではないらしい。

「お姉さん……たしか生徒会に入ってるんだよね？」

「よくご存じですね。お姉ちゃんは生徒会の副会長を務めています……忙しいようで、毎日放課後までお仕事がたいへんみたいです」

名前はたしか、星宮聖《ひじり》さんだったかな？

同級生の高校二年生。八歳でありながら高校生の妹とは違い、姉の方は正真正銘の女子高校生である。

交友関係の狭い俺ですら知っている有名人。学校一の美少女とも名高い人だ。

なるほど、姉と一緒に帰るために待っているのか。

「だいたいどれくらい待ってるの？」

「二時間くらいでしょうか。夕方くらいまでです」

「結構遅いね……あ、だからおなかもすいちゃうのか」

ぐ～っというかわいい音が頭の中で再生される。

星宮さんも思い出しているみたいで、顔を赤くしておなかをギュッと押さえた。

「わ、忘れてください」

「ごめんごめん」

からかったつもりはないけれど、かわいい一面が見られたので良しとしておこう。

「陽平くんいじわるです」

星宮さんはちょっとだけ拗《す》ねたようにほっぺたを膨らませている。

深紅の瞳はジトッと俺を見つめていた。

「……放課後に残る理由は、あと一つあります」

「え？　そうなの？」

「はい……こうして陽平くんとオシャベリできるから、です」

それはずるいよ。

「お、おぉ……！」

今度はこっちが狼狽《うろた》える番だった。動揺してつい変な声が上がる。

それで星宮さんの溜飲《りゅういん》も下がったらしい。

「仕返しです」

イタズラっぽく笑って、ちろっと舌を出す。

やられた。さすが天才少女の星宮さん。かわいらしい復讐《ふくしゅう》に俺は何も言い返せなかった。


そうやって、たくさんオシャベリをした。おかげで星宮ひめという少女について色々なことを知ることができた。

一歩ずつ、時間をかけてゆっくりと歩みよる。

そのたびに星宮さんも心を開いてくれて、打ち解けていく。

六月も下旬になると、お互いに自然体で話せるようになって。

仲は良好。距離は着実に近づいている。

でもだからこそ、彼女は物足りなさも覚えていたらしい。

とある日の放課後。

今日は天気が悪く小雨が降っていた。窓に付着した雨粒ごしには、グラウンドで部活動に励む野球部が見える。悪天候でもお構いなしの高校球児たちには脱帽だ。

「雨か……梅雨はいつ終わるんだろうなぁ」

「例年であれば七月の中旬から下旬くらいだったと思います。早く明けてほしいですね」

「そうだね、星宮さん」

「………」

いつものようにお菓子を食べながら雑談している時のこと。

「あの……どうして陽平くんは、わたしのことを『星宮さん』と呼ぶのですか?」

会話が途切れたタイミングで、星宮さんが首を傾げながらこんなことを聞いてきた。

「気軽に名前で呼んでくれた方が嬉しいです」

他人行儀を感じていたのは俺だけじゃなかったらしい。

彼女もまた、俺によそよそしさを感じていたみたいだ。だから打ち解けるのに時間がかかったのかもしれない……いや、それを反省するのは後にして。

まずは誠心誠意、この子と向き合おう。

「ごめん。他意があったわけじゃないんだけど……ひめ、さん?」

「……むぅ」

初めて見た。彼女は唇をとがらせて不満の意を表している。

言葉遣いや表情が落ち着いているので大人びた印象が強いけど、二人きりだとこうして子供らしい一面も垣間見えるようになった。それを愛らしく思うと同時に、不満を抱かせていたことに罪悪感がこみあげてくる。

一刻も早く気持ちをスッキリさせてあげたいところだが。

「えっと、ひめちゃん？」

「……呼び捨てでは、ダメなのでしょうか」

とがった唇に続いて、ぷくーっとほっぺたが膨らんでくる。

ふぐみたいでかわいい。と、微笑《ほほえ》ましい気持ちにさせないでほしい。反省の意が薄れてくる。

「ずっと気になっていました。たしかにわたしはかわいげがないかもしれませんが、年下なのですからもっとフランクに接してくれてもいいのになぁ……と」

かわいげがない。

自嘲《じちょう》の言葉は、俺が微塵《みじん》も思っていないことである。

焦《あせ》った。

この子に勘違いしてほしくなかったから。

「かわいげがないなんて、ありえないよ」

というか慌てていた。

そのせいで、一生言うつもりがなかった気持ちを思わず口にしていた。

「妹にしたいくらい、ひめのことはかわいく思ってる」

……俺は何を言ってるのだろう？

口に出してすぐに気付いた。自分の発言があまりにも恥ずかしいことに。

星宮さん……じゃなくて、ひめだ。うん、ひめと呼ぼう。そう決めた。いや、呼び方に関してはもういい。恥ずかしさなんて通り越している。

胸に秘めておきたい思いだった。ひめが妹みたいにかわいいなぁ、なんて……伝えたところでドン引きされるに決まっている。

ああ、せっかく仲良くなれたのに。

これでまた、ひめとの縁は断たれてしまった。

「――嬉しいです」

え？　なんて？

「妹にしたいだなんて……えへへ」

幻聴と幻覚が同時に発生しているのかと思った。

ゆるむほっぺたを手で押さえて、唇をもにょもにょと動かして、耳まで真っ赤《まっか》にした彼女は……どこからどう見ても喜んでいるようにしか見えなくて。

「わたしも、陽平くんがお兄ちゃんならとても素敵だと思っていました。一緒です、ね」

いや、幻聴でも幻覚でもない。

これは現実だ。

まさかの両想いだった。

と、とりあえず良かった……これでひめとの関係はゼロにならない。

まずは安堵した。次に照れくさくなった。

えっと、この空気はどう処理すればいいのか。

俺がまいた種なので自分でなんとか解決したいところだが……残念ながらひめの方が舞い上がっているようで止められない。

「妹にしたいだなんて……そんなのまるでプロポーズじゃないですかっ」

いや、それはどうなんだろう？

プロポーズとは少し違う気もするけれど、ひめはちょっと暴走していたので口をはさむ隙がない。

「ふむふむ。なるほど……そうですね。それでは、こうしましょうか」

思案は一瞬。さすがは天才少女。俺の突拍子もない発言を実現する手段を、彼女は即座に思いついたらしい。

「わたしのお姉ちゃんと結婚してください」

そう言ってひめは俺の手をギュッと握った。

小さな指が、俺の指をにぎにぎしている。

いや、正確に言うと小指が俺の小指に絡《から》みついている。

指切りを所望なのだろうか。とりあえず握り返すと、ひめは満足そうに大きく頷いた。

「ふつつかものですけれど、よろしくお願いします……ね？」

幸せそうな笑顔だった。

今までで一番の満面の笑みに、俺は何も言えなかった。

この笑顔を曇らせることなんてできない。

だって、ひめのことを妹にしたいくらいかわいいと思っているから。


こうして、不思議な約束をひめと交わした。

色々と思うところはあるけれど、まぁ、難しいことは後で考えることにしようかな。

……そういえば、ひめとかかわったのはこれで何度目になるのだろう？

いつしか、かかわった回数を数えることはなくなっていた。

これからはもう、何が起きても俺とひめの関係はなかったことにならないだろう。

そう思えるくらい親しくなれて、とても嬉しかった――。

第二話　仲良し姉妹

星宮《ほしみや》聖《ひじり》さん。ひめのお姉さんにして、学校一の美少女と名高い同級生。付き合いたいだなんて、そんな妄想をすることすら恐れ多い。手を伸ばすことすらおこがましい高嶺《たかね》の花だというのに。

『わたしのお姉ちゃんと結婚してください』

疑問符はない。靴ひもがほどけているので結んでください、と同じトーンでひめは姉との結婚を促してきた。

俺《おれ》はどうリアクションするのが正解だったのだろう。

「……眠れなかった」

なんだかそわそわして睡魔と仲良くできなかった。

朝起きてもまだひめの言葉が頭の中でぐるぐるして落ち着かない。

ずっと考えていた。ひめの言葉の真意を。

やっぱり、俺が変なことを言ったせいだろうなぁ。

「妹にしたいくらいかわいく思ってる、か」

昨日の発言を思い出す。

うん、やっぱり言うべきではなかった気がする。

それでもひめは喜んでくれた。曲解することなく、俺の好意をまっすぐ受け止めてくれた。

ひめは素直でいい子だ。表情や仕草も愛らしいし、何より一緒にいてすごく心地良い。

あの子を悲しませるようなことはしたくない。

だからこそ難しい。ひめの言葉の温度感がまだいまいち摑《つか》めていない。

本気なのか。あるいは勢い余ってつい口に出てしまっただけなのか。

お姉ちゃんと結婚してください、という言葉にどう向き合えばいいのか。なかなか答えは出てこなかった。

うーん……いつまで考えていても仕方ないか。

そう考えを振り切って、とりあえず学校に行く準備を始めた。


「ひめ、おはよう」

教室に到着してすぐ。

自分の席に向かって歩いている最中に、長い銀髪の少女が目に入ったので声をかけた。

目立つ容姿だから……というよりは、俺がひめのことを意識していたからだと思う。

いつもの日課となったあいさつの言葉をひめに投げかけると、彼女はぴょこんと立ち上がって頭を下げた。

「陽平《ようへい》くん、おはようございますっ」

あれ？　いつもあいさつは座ったままなのに珍しい。

声も弾んでいる。なんだか機嫌も良さそうだ。

「……お名前を呼ばれると嬉《うれ》しいですね」

そうだ。名前を呼んであいさつをするのは今日が初めてになるのか。

もっと恥ずかしいことを言ったせいで呼び捨てくらいもう何も気にならない。むしろひめが喜んでいるので微《かす》かに残っていた照れが完全に吹き飛んだ。

「今日は少し眠そうですね」

「分かる？　実は寝不足で」

「心配です。体調が悪くならないといいのですが」

「たぶん大丈夫だよ。ちゃんと朝ごはんを食べてきたから」

「なるほど。朝ごはんは元気の源ですからね」

……本当に珍しい。

ひめは普段、教室だとあまり話さない。朝はあいさつを交わす程度で彼女は大抵本を読んで時間を過ごす。その横顔を眺めるのが俺の日課だった。

だけど今日は違う。隣の席だというのに座ることなく俺の机に手をついて、一生懸命オシャベリしている。

その仕草を微笑《ほほえ》ましく思う一方で、クラスメイトの視線も少し感じてはいた。

(見られている、よな?)

気持ちは分かる。

なぜなら、あの星宮ひめが笑顔で話しているのだ。

しかも相手は地味な男子高校生。周囲からは異様な光景に見えていることだろう。

(ひめが気にしなければいいんだけど)

俺のことはどうでもいい。

ただ、ひめは人の大勢いる空間を苦手なように感じている。注目を浴びることがストレスにならないかなと心配していたのだが。

「あの、もし良ければでいいのですが……今日のお昼は一緒に食べませんか?」

思ったよりもひめは平然としていた。

周囲の視線なんて気にも留めない。彼女の大きな目は、俺をまっすぐ見つめている。

……不要な心配だったかな。

ひめは相変わらず落ち着いている。八歳とは思えないほどに。

「うん、もちろんいいよ」

「……気を遣わせてしまっていますか？」

「いや、むしろ一人で食べるのが心細かったから嬉しいくらい」

「わぁ……やった」

でも、お昼ご飯を一緒に食べると約束しただけで、目をキラキラ輝かせて喜ぶ姿は、幼い子供そのものだった。

この子を見ているといつも元気が出てくる。

……って、そういえば星宮聖さんの話は一切《いっさい》出なかった。

気にしていたけど、やっぱりあれはひめがつい口走ってしまっただけかもしれない。それなら変に意識しなくても大丈夫だろう。そう考えてようやく力が抜けた。

良かった。これでいつも通りの一日が送れそうである。


お昼時間になった。

いつもなら教室で一人黙々とコンビニの弁当を食べる時間。別に望んでボッチ飯を堪能《たんのう》しているわけじゃない。単純にクラス替えで話し相手を作れなかっただけだ。のんびりしていたらいつの間にか周囲の人間関係が固まっていた。誤算だったなぁ。

しかし、今日はひめとの約束があるので寂《さび》しさを感じなくてすみそうだ。

……そういえばひめ、お昼は決まって教室からいなくなってたような気がする。

もしかしたら教室で弁当を食べないかもしれないと思って、声をかけてみることに。

「ひめ、お昼はどこで食べるの？」

「お昼はいつも校長室で食べているのでそちらに向かいましょう」

……校長室？

なんでそんな場所で食べているのか。

その理由は向かっている最中に教えてくれた。

「簡単に言うと忖度《そんたく》でしょうか」

「言い方が悪いような」

「誇張はないです。配慮されていますから……望んだわけではありませんが」

てくてくてく。リノリウムの床に小さな上履きが触れるたびに、高校生からは発生しない軽《かろ》やかな音が響く。

少し前。先導するようにひめが歩いている。歩幅は相変わらず小さくて回転が速い。そのせいか他の高校生より体がよく弾んで髪の毛がふわふわ揺れている。蛍光灯の鈍い光を反射してキラキラと輝く後ろ姿を眺めながらついていった。

「わたしの立場が特殊なので、校長先生が便宜を図ってくれたのだと思います」

「なるほど。校長室か……それはまた大変だね」

「大変？　いえ、大変ではないです」

「そうなの？　校長って結構気さくな人なんだ」

「いえ、そうでもないですが……なぜ校長先生のお話が出てくるのでしょうか」

「……え？」

「……ん？」

おかしい。ちょっと話がかみ合っていない。

ひめもそれに気付いたようで、足を止めてこちらを振り返った。

こてんと首を傾《かし》げて俺を見上げている。

「もしかして陽平くん、校長先生とわたしが一緒にごはんを食べていると思っているのでしょうか」

「違うの？」

「はい。校長室は使わせてもらっているだけですよ。ご本人はいません」

てっきり校長室なんだから校長もいるものだとばかり思い込んでいた。

「特別扱い、なのだと思います。わたしとしては立場を利用しているようで心苦しい気持ちもあります。でも、好意を否定するのは難しくて」

困ったような顔でひめは小さく息をつく。

少し重たい表情を見て察した。

（ひめって年上にへこへこされるのが嫌いなのかな？）

俺に『星宮さん』と呼ばれることさえすごく嫌がっていたくらいだ。

更に年上の大人から、しかも分かりやすく忖度されることを望んではいない様子。

ただ、角を立てたくないのであえて何も言っていない、というようにも見えた。

やっぱりこの子は大人びている。感情ではなく理性で行動を決めている。

八歳らしからぬ振る舞い。でもそれができるからといって何も思っていないわけではないのだろう。

その証拠に、校長と出くわした時にひめの表情が強張《こわば》った。

「おや？　これはこれは、星宮さん！　すみませんね、会議が長引いて退室が遅れてまして」

校長室に到着して早々。慌てた様子で部屋から出てきた校長と出くわした。

「いえ、大丈夫です」

俺と話している時はまったく違う。感情の宿らない平坦な声がひめから発せられる。

「使わせてもらっているのはこちらなので、どうかお気になさらず」

明らかに様子がおかしい。

でも無視はしない。失礼な態度を取らず、丁寧に接するのはひめの大人びたところだが……

感情を押し殺したその表情はあまり好きじゃない。

「なんの！　星宮さんが遠慮することはありません……この学校に通ってもらっているのです

から、これくらいはむしろ当然ですので！」

「……そうですか」

しかしながら、校長はひめの様子なんてお構いなしだ。

ごまをするように両手を合わせて腰を低くしている。それだけひめがすごい存在なのだろうけど、当の本人が表情を曇らせている。なので間に割って入った。

「俺も使わせてもらいます。大丈夫ですか？」

声をかけて一瞬間が空く。

「……君は誰《だれ》かね？」

隣にいたのに存在すら認知されていなかったらしい。校長には見えていなかったご様子。見る価値すらないと思われていたわけだ。

「友人です。彼も一緒に食事をしていいでしょうか？」

さすがひめ。すかさずフォローしてくれたおかげで、校長の理解も早かった。

「友人……なるほど、友人ですか！　もちろん構いません。どうぞどうぞ、立ち話もなんですし星宮さんは中でお休みください……あ、君には少し話がある。来なさい」

露骨に態度が違うなぁ。

俺に対しては高圧的な気もするが、断った方が面倒になりそうなので素直に従った。

「ひめ、先に入ってて」

「……はい」

やっぱり彼女は賢い。

俺が校長とひめの会話を早く終わらせるために話に割り込んだこともたぶん察している。だから大人しく部屋に入ってくれた。俺の行動を無意味にさせないために。

何か言いたそうにしていたけれど、それは後で聞いてあげることにして。

今はとりあえず校長の話をさっさと切り上げないと。

「彼女の友人というのは本当かね？」

うん。やっぱりひめとは違う。偉そうな口調に腹が立つ……ことはない。

まぁ、初老の男性が高校生に話しかける時なんてだいたいこんな感じだと思う。

ひめに対する態度が異常すぎるだけとも言える。

「くれぐれも彼女の機嫌を損なわないように」

人によって態度を変える。それは決して悪いことではないと思う。

しかし大人のこういう打算的な姿勢は、子供から見るとすごく気持ち悪く感じた。

ひめが嫌がる気持ちもなんとなく分かるなぁ。

「星宮さんは我が校の宝だ。彼女がこの学校に通っている意味を、君は分かっているかね？分からないだろう？」

「まぁ、はい」

「これから何か偉業を残すたびに、彼女の母校として我が校の名が歴史的な資料に残される。我が校は彼女が在籍した偉大なる学校として認識されることだろう。彼女が気まぐれを起こさずに卒業してくれたら——我が校への利益《りえき》は計り知れない」

聞いてもないのに校長は長々と語りだす。ひめとの昼食が遅れてしまいそうだ。早く終わってくれないかな。

「君のような一般生徒とはまるで身分が違うお方なのだよ。だから、友人になったのであればその立場を利用しなさい。彼女の機嫌を損なわないように気を付けなさい。そうすれば、内申点や成績に関しては、便宜を図ってあげないこともない」

「別にそういうのはいいですけど」

「……分かってないね。逆に言うと、彼女が気まぐれを起こして我が校を去る場合——もし君が関係していたとするなら処分だっていかようにもできる。そういうことなのだよ」

なるほど。つまりこれは助言や指導ですらない、ただの脅迫ということか。

ひめには大きな価値がある。それを理解して人間関係を構築しろ。損得を考慮して振る舞え。媚びて、へつらって、ご機嫌を取れ。

そんなことを俺にさせようとしているわけだ。

「……心配はいらないですよ」

くだらない。ばかばかしい。そんなことするわけないだろ。

なんて言葉にして自分の立場を悪くする愚策は選ばない。

こういう打算的な大人に真面目《まじめ》に向き合ったところで無意味。

「ひめは大切な友達なので」

だけどつい口に出てしまったのは、ささやかな反抗心だったのかもしれない。

「彼女を悲しませることはしません」

だから言う通りのことはやりません。

そう暗に告げたことを、どうやら校長は勘づいたようだ。

「……君、ちゃんと意味が分かってるのかね?」

おっとまずい。校長は眉間《みけん》にしわを寄せている。訝《いぶか》しむようにこちらを見ている。

どうしよう。穏便にすませるには何を言えばいいのか……と、悩んでいたその時。

「ごめんね〜。遅くなっちゃったかなぁ?」

救世主が現れた。

微かに張った緊張の糸を一気にゆるませる、気の抜けたふにゃふにゃ声が響く。

「あ、校長先生だ〜。いつも校長室を使わせてくれてありがとうございまーす」

「いや、うむ……まぁ、構わないのだがね」

視線を向ける。そこにはふわふわな女子がいた。

軽いウェーブのかかった栗色の髪の毛がよく似合っている、同級生の美少女。

たれ目が印象的なおっとりお姉さん、と表現できるかもしれない。同い年なのに体つきは大人っぽくて、近くにいるだけで萎縮《いしゅく》しそうだ。

さすが学園で一番の美少女と言われるだけある。近くにいるだけで圧倒された。

実際に話したことはない。でも、彼女のことは色々と知っている。

なぜなら、この人の妹と最近親しくなったから。

「星宮聖、さん？」

「はーい。星宮聖さんでーす」

ひめの姉がそこにいた。

「ねぇねぇ、何の話をしてたんですか？　校長先生はいつも話が長いから、ほどほどにしてくださいね～？　ひめちゃんが待ちくたびれちゃうもん」

彼女は柔らかい笑顔を浮かべながら気さくに片手を上げている。

その独特なゆるい空気のせいか、校長も俺に何か言う気分をなくしたらしい。

「こほんっ。そういうことだから、よろしく頼むぞ。では、星宮さんを待たせないように」

そう言って職員室の方に歩いて行く。

薄くなった後頭部を見送って、ようやく息を吐いた。

「ふぅ……」

危なかった。少し、反抗的な態度をとったかもしれない。穏便にすませるはずだったの

に……と、自省していたら急に肩をツンツンと突かれた。

「おーい。そろそろ入ろうよ～」

星宮聖さんに呼びかけられている。

そういえばこの人……いつ来たんだ？

偶然にしてはやけにタイミングが良かったというか、校長との空気が張り詰めた瞬間だった気がする。気のせいと考えていいのだろうか。

「ごめん。あと、さっきはありがとう」

もしかしたら意図的に助けてくれたのかもしれないと思って感謝を伝えてみる。

「んにゃ？　ありがとうってなにが？」

しかし星宮聖さんは頭に大きな疑問符を浮かべるだけだった。

どうやら助けたつもりはなく偶然だったらしい。

それにしてはやっぱり、タイミングが良すぎた気もするけど。

まぁ、疑《うたぐ》ったところで何も解決しないので、今はひとまず置いておこう。


……忘れていた。そういえば星宮聖さんとは初対面だ。

もうすでに会話を交わしたけれど、改めて自己紹介とかした方がいいのだろうか……などと迷っていると、彼女は校長室のドアを開けて俺に『入らないの？』と目配せしてきたので、慌てて中に入った。

広さは十畳くらい。奥に校長の机や本棚。壁の上部には歴代校長の肖像が並んでいる。中央にはローテーブルと、それをはさんで対面するように二人掛けのソファが設置されている。

そのうちの一つにひめがちょこんと座っていた。

「……あっ」

目が合う。ひめは何か言いたそうだ。たぶん校長と俺の会話が気になっているのだと思う。しかし俺よりも先に姉の星宮聖さんがひめに話しかけたので、その件に関する話は少し先になりそうだった。

まぁ、あまり明るい内容ではないし今すぐに話す必要もないだろう。

「ひめちゃんごめんね～。遅くなっちゃったかなぁ」

「いえ。わたしもついさっき到着したばかりなので」

「おなかすいてる？　でもごめんなさーい。お姉ちゃん、お弁当忘れちゃった～」

「わたしが持ってきているので大丈夫です。登校する前に靴箱の上に置かれてましたよ」

「さっすがひめちゃん。天才だね」

「これに関してはお姉ちゃんが抜けているだけです」

「ひどーい。お姉ちゃんだってやればできる子なんだからねっ」

むにむに。仕返しのつもりなのか星宮聖さんはひめのほっぺたを両手でつまんでイタズラしている。おもちみたいに伸びている。

「ひめちゃんはお姉ちゃんに対するそんけーが足りないと思いまーす」

「お弁当を忘れるお姉ちゃんを尊敬はしませんよ。大好きではありますが」

「え？　大好きなの？　じゃあそれでおっけ〜」

……それにしてもこの人、ゆるいな。

声を聞いているだけで体から力が抜ける。あの学園一の美少女と名高い星宮聖さんなのだから、対面したらもっと緊張するかなと思っていた。

見た目は大人びた魅力があって近寄りがたい。

しかし性格は親しみやすい人に感じた。

「お姉ちゃん。そろそろほっぺたをむにむにするのやめてもらっていいですか？」

「やだ」

「じゃあそのままでいいです。陽平くん、これがお姉ちゃんです」

さすがひめ。俺のことも忘れていなかった。しかも紹介までしてくれたおかげで、話のきっかけも作ってくれた。

「それじゃあ改めて。大空《おおぞら》陽平です。えっと、初めまして……？」

「ふふっ。さっき会ったのに初めましてっておかしいね」

聖さんはかしこまった俺に視線を向けてニッコリと笑った。

目が線になってえくぼができている。優しい表情につられてこちらも頬《ほお》がゆるんだ。

「星宮聖だよ～。ひめちゃんのお姉ちゃんをやってまーす」

「うん。星宮さん、よろしくね」

「違うよ?」

そう言って、聖さんはようやくひめのほっぺたから手を離す。解放されてぽよんと元の位置に戻ったほっぺたは、たくさんむにむにされたせいでほのかに赤くなっている。

一方、星宮聖さんの顔色は真っ白だ。表情も少し不満そうである。

「違うって……なにが?」

「星宮さんってだれ?」

え。どういうことだろう。

君以外に星宮さんが……あー、いるのか。

「ひめちゃんも星宮さんなのに、ややこしいと思わないのかなぁ?」

「でも、ひめは『ひめ』って呼んでるから」

判別はつくよと主張してみる。

「……えへへ」

ひめがなぜか嬉しそうだ。

しかし姉の方は不服そうである。

「ずるい」

「ず、ずるいとは」

「ひめちゃんだけずるいっ。私は『聖』って呼んでくれないの～？」

「ごめんなさい」

流石《さすが》に無理です。同級生の女子をそんな気軽に呼び捨てできるわけがない。

「『聖ちゃん』でもいいのに」

「もっとごめんなさい」

「ぐぬぬ。それなら『聖お姉ちゃん』は？」

「更にごめんなさい」

「じゃ、じゃあ、えっと……！」

星宮聖さんはなおも悩んでいる。ひめもそうだったけど、二人とも苗字《みょうじ》で呼ばれることを好んでいないみたいだ。

さてどうしよう。まだまだ彼女は呼び方を思案している。

「陽平くん、お姉ちゃんは意外と頑固なので呼び方が決まるまで諦《あきら》めませんよ」

やり取りの不毛さをみかねたひめが助け舟を出してくれた。

「ここは『ひじりん』でどうでしょうか」

ダメだ。泥船だ。

「……聖さんでどう？」

名前にさん付け。正直、それでもまだ抵抗はある。同級生の女子を名前で呼んだことがない人間なのでこの程度でも勇気がいる。

「つまんなーい。でもまぁ、星宮さんよりはマシかなぁ」

「愛称とかで呼び合ってもいいと思いますが……まずはそれくらいからですね」

星宮姉妹はあまり肯定的ではなかったものの、俺の様子も加味した上で納得してくれた。

良かった。これで呼び方に関しては一件落着。

「これからよろしくね、よーへー」

あの、聖さんはどうして気軽に呼び捨てできるのでしょうか。

いきなり名前を呼ばれて少しドキッとした。


『一緒にお昼を食べませんか？』

ひめにそう誘われた際、どうして俺は二人きりだと思い込んだのだろう。

「お昼はいつもお姉ちゃんと食べていまして」

その可能性を考慮できなかった自分の浅はかさに呆《あき》れた。

八歳の妹が同じ学校に通っているのなら、姉が心配してそばにいないわけがないのに。

「びっくりしましたか？」

「……ちょっとだけ」

もちろん責めるつもりはない。だけどひめは賢い少女。姉の存在が事後報告だったのは意図的ではないかと疑っている。

「サプライズ成功です……えへへ」

やっぱりそうだったんだ。

ひめはイタズラが成功して喜んでいるのか、お茶目《ちゃめ》に笑っている。ソファの上でご機嫌に体を揺らしていた。

仕方ない、許そう。かわいいから。

「もうっ。ひめちゃんったら、私にも内緒にするなんてナマイキだよ。ぷんぷん」

ただ、俺とは違って聖さんの方は少しご立腹らしい。仕返しと言わんばかりにひめの鼻先をツンツンつついていた。口で『ぷんぷん』って言ってるせいでまったく怒っているようには見えないけど。

「お姉ちゃんには昨日伝えましたが」

「……そうだっけ？」

「はい。『陽平くんをお昼ごはんに誘います』って夜にちゃんと言いました」

「うーむ。ひめちゃん、毎日よーへーのお話ばっかりしてるから聞き流しちゃってたかも」

「そ、それは内緒にしてください」

突然の密告にひめは珍しく慌てていた。姉の口を小さな手でふさいでいる。そんな妹を見て聖さんは柔らかく微笑んでいる。

（仲のいい姉妹だなぁ）

二人のやり取りを少し見ただけで分かるほどの関係値。さっきからずっとくっついているその距離感が姉妹の絆《きずな》を証明していた。

聖さんは妹をものすごくかわいがっている。

ひめも姉を心から慕っている。

その間に入るのがもったいないと思えるほどに素敵な光景だ。

星宮姉妹の会話を邪魔しないよう、静かに対面側のソファに回って腰を下ろす。正面に星宮姉妹。ガラスのローテーブルを挟んで俺という構図だ。

コンビニ袋からハンバーグ弁当を取り出して、そのまま食べ始めようとしたところで。

「陽平くん。どうしてそこにいるのですか」

ひめに止められた。深紅の瞳《ひとみ》が不思議そうに丸くなっている。

「こちらに座ってください」

そう言われても、ひめが座っているのは二人用のソファ。聖さんもいるのですでに定員は埋まっている。

「スペースがないよ」

「わたしが小さいので大丈夫です」

「私も細いから大丈夫だよ～」

ひめに続いて聖さんもなぜかアピールしてきた。

……細い、かなぁ。

たしかに太ってはいない。おなかも引き締まっているように見える。だけど一部分が大きい。どことは言わないけれど。

「太ってないもん」

二度目の主張。もしかしたら聖さんってスタイルを気にしているのだろうか。

断じて言うけど太っているとは思っていない。ただ大きいだけだよ……胸とかふとももとかが。

「そうだよねひめちゃん。私、太ってないよねっ？」

「太ってはいません。ただ、標準より一キロほど多いだけです」

「数字は言わないでっ。うぅ……ダイエットした方がいいのかなぁ」

「標準の範囲内ですから気にしないでください。陽平くんも、健康的な身体《からだ》を維持した方が素敵だと思いませんか？」

まずい。ひめが俺を巻き込んできた。

スタイルに関する話題は、男性側が意見するにはデリケートすぎるような気が。

「まぁ、健康的な方がいいよね」

変に誤解されないように曖昧《あいまい》な答えを提示しておく。

元気が一番いいことなのは間違いない。決してサイズ感の話ではないことを留意してほしい。

「よーへーのすけべ」

「それは理不尽では」

ダメだった。聖さんが恥ずかしそうにおなかを押さえている。隠すべき部分が違う気もするけど、この話題を避けるために何も言わなかった。

「じゃあわたしがそちらに行きます」

一難去ってまた一難。俺が動かないと見るや、ひめが立ち上がってこちら側のソファにやってきた。俺の右隣に座っている。

「私も行く」

「……さすがに厳しいような」

「太ってないもん」

「そんなこと思ってないよ。定員の問題かと」

「この隙間《すきま》にだって座れるんだからねっ」

聖さんが意地を張っている。

おっとりしているように見えるけど、この人かなり頑固だぞ。自分を曲げない意志の強さを感じた。

ひめの右に体をねじ込む聖さん。二人用のソファに俺、ひめ、聖さんの順番で座っている。

ひめが小さいおかげで意外と三人でも座ることができていた。

ただ、問題が一つ。

近い。ひめとの距離がゼロだ。変な意識はないけど、密着しているとなんだか照れそうだったのでぐっとこらえる。

「まずいです、陽平くん」

「あ、ごめん。狭い？」

「いえ。陽平くんをお姉ちゃんとくっつかせる作戦だったのに、わたしがくっついてドキドキしてきみゃした」

それはダメだよ。ひめが照れないでほしい。

というか、これもすべて彼女の作戦だったんだ。

やけに俺を話に巻き込むなぁと思っていたのである……やっぱりひめが意図的にそう振る舞っていたらしい。

「ミイラ取りがミイラとはこのことでしゅね」

しかし詰めが甘いのが彼女の愛らしいところでもある。

恥ずかしいのか舌がうまくまわっていなくて噛《か》んでいるのもまたずるい。

そんなに愛らしい反応をされると困る。耐えきれなくて俺まで照れてきた。

結構な広さのある校長室で三人ギューギュー詰め、か。

なんだか変なお昼時間である。


ひめが俺を校長室に招いた理由がなんとなく分かってきた。

もしかしてこの子……俺と聖さんの仲を取り持とうとしているのでは？

『わたしのお姉ちゃんと結婚してください』

昨日の発言を思い出す。

あれ以来ひめはこの件にまったく触れなかったので、勢い余って口走っただけだと思っていた。

でもそれは俺の単なる願望にすぎなかったわけだ。

決して妄言や虚言ではなく、ひめはその大言を実現するために動いているように見える。

（……聖さんはこのことを聞いているのかな）

それ次第で気の持ちようが大きく変わる。

聞いていないのならこのままでいい。もし聞いているのなら……どうしよう。

まぁ、確かめる方法がない上に、いずれにしても俺の態度は変えるべきではないか。

変に媚びを売る方が恐らく変だ。普段通りに振る舞うしかない。

だとするなら、聖さんが結婚の話を聞いていないと思い込んだ方が精神衛生上落ち着くので、そうしておこう。

「よーへー、何食べてるの？」

「ハンバーグ弁当だよ」

「お昼からガッツリだね～。私は小食なのでハンバーグは食べきれないかなぁ」

「……俺の目にはトンカツ弁当を食べてる聖さんが見えてるんだけど」

ガッツリという表現はむしろそちらの方が似合うような。

重箱にずっしりと鎮座している大きなトンカツは、コンビニのハンバーグだと太刀打ちできない重量を誇っていそうだ。ひめのものはサイズが二回りくらい小さいので、その対比もあって聖さんのトンカツは更に大きく感じる。

「トンカツは軽いもーん」

聖さんはとても美味《おい》しそうに食べていた。

……この調子ならたぶん大丈夫か。

ひめごしに会話を交わしている聖さんは、会った時からずっとこんな感じでゆるゆるだ。結婚の話を聞いているならもっと違う態度をとると思う。

無防備な笑顔を向けられているので、無害と思ってくれているように感じた。

おかげで俺も変に緊張せずいつも通りでいられていた。

「そうだよねひめちゃん。トンカツはおやつだよね?」

「……トンカツはおやつに入りません。そのサイズなら十分なカロリーがありますよ」

「あー。聞こえなーい。もぐもぐもーぐ」

聖さんが現実から逃げた。

ひめの話を無視してひたすら弁当を食べ始める。

一方、ひめの方はさっきからやけに大人しい。弁当をテーブルの上に広げているが、その手にお箸《はし》が握られていない。ギュッと握ってひざの上にちょこんと乗せたまま微動だにしない。俯《うつむ》いたまま視線を一点に集中させてぼーっとしている。

「ひめ、どうかした?」

心配になって声をかける。

すると彼女はゆっくりとこちらに振り向いた。

「……少し、食欲がなくて」

さっきまで元気そうだったのに。

そういえば顔色が少しおかしい気もする。透き通るように白い肌が明らかに赤い。具体的に言うとほっぺたと耳が。熱とかあるのだろうか。

「体調不良とか？」

「分からないです。ただ、陽平くんの隣に座ってから急に食べようという気分がなくなりました」

「……俺、あっちに行こうか？」

もしかして座っているスペースが狭くて息苦しいのでは？

そう疑って、対面側のソファに座った方がひめにとっていいと判断しての発言。

「……それは寂しいです」

首を横に振る。彼女は嫌がっている。

このままでいいと言わんばかりに俺の袖《そで》をつまんでいた。

「分かった。でも、食べられる分でいいからなるべく食べた方がいいよ」

「はい。もちろんそうします」

口ではそう言ってもひめの手はまだ動かない。

体調不良が心配だけど……とはいえ、別に苦しそうには見えないんだよなぁ。

「変ですね、気分はむしろ良い気がするのですが」

本人も自分の状態を不思議に思っている。

過剰に心配しても意味はないので、このまま様子見するのがいいのかもしれない。

もし何か異常があるのなら、俺よりも関係の深い姉の聖さんの方が先に気付くだろう。彼女が無反応ということは大丈夫と考えて間違いないはず。

そう考えて、横目で聖さんを見てみる。

「むむっ。ひめちゃん、もしかしてトンカツ残すの？　仕方ないなぁ。お姉ちゃんに任せなさい。感謝の言葉はいらないよ～。お姉ちゃんとして当然のことなのでっ」

彼女は食欲に支配されていた。ひめの弁当からトンカツを一切れ奪っている。

妹の異変にも気付いていない様子。

聖さん……見た目は年上のお姉さんみたいな雰囲気がある人だけど、中身は意外とそうでもないのかもしれない。

この感じなら、仮に結婚の話を聞いたところで俺のこともなんとも思わなさそうだ。

それはさておき、ひめが心配だなぁ。

今はとにかく彼女の様子をしっかり見ておこう。

結局ひめは弁当にほとんど手をつけなかった。

校長との遭遇に加えて、聖さんとの初顔合わせもあったので、食べる時間がいつもより少なかった……というのもある。

しかしそれにしてもひめはまったく食べていなかった。

「元気ですよ。この通り」

ただ、やっぱり体調不良ということはなさそうである。

顔も血色がいいし、何より元気アピールのつもりなのか細い腕で力こぶを作っているあたり、気持ちにも余裕があるように感じる。何事もないなら良かった。

梅雨が始まって気温も徐々に上がってきているので、暑さに少し適応が遅れているだけなのかなぁ。夏バテに近い状態かもしれない……と、俺が必要以上に気にかけていることも、ひめは察しているようで。

「心配してくれてありがとうございます。陽平くんは優しいです」

煩《わずら》わしいではなく、ありがとうと受け止めてくれたひめに胸が温かくなった。素直なリアクションは見ていてすごく癒やされる。

校長室からの帰り道。ひめと二人で廊下を歩く。

聖さんは午後一番で体育があるらしく慌てた様子で走り去った。ひめの残りまで食べていたけど大丈夫だろうか……彼女の方がむしろ心配である。吐かないといいけど。

「あの、そういえば校長先生とのお話は大丈夫でしたか?」

道中、会話の間が空くと同時にひめはすかさずそんなことを聞いてくる。

聖さんがいたので校長の件は話すタイミングがなかった。もしかしたらずっと気にしていたのかもしれない。

「変なことを言われなかったでしょうか」

不安そうな表情を浮かべている。

前々から感じていたことなのだが……ひめは他人に迷惑をかけることを過剰に恐れている気がする。そのせいで感情を押し殺すことも多いのかもしれない。

相手を尊重して我慢するのはひめの優しい部分である。

でも、俺の前でくらいわがままに、子供らしく振る舞ってもいいのにとも思ってしまう。

「たしかに校長には変なことを言われたけど、気にしなくていいよ。何を言われたところでひめに対する気持ちは変わらないから」

「……気持ち、ですか？」

昨日の発言は、決して勢い余ってつい口に出ただけのセリフじゃない。

本来なら心に秘めておきたいほどに純粋な本音だった。もう言ってしまった以上隠すことはできない。

それなら少し照れもあるけど、改めてちゃんと伝えておこう。

「ひめのことは、かわいく思ってる――って」

だから伝えた。

嘘《うそ》はつかずに、事実と自分の思いをしっかりと。

「何があってもひめを嫌いになることなんてないよ」

「……えへへ」

ひめははにかむように微笑んだ。

自分の胸に手を当てて、俺を見つめながら……嬉しそうに頬をゆるめている。

今の一言で安心してくれたのか。ひめはこれ以上何も言わなかった。

（……なんか恥ずかしくなってきたかも）

俺も今更になって自分の発言に悶《もだ》えて何も言えなくなる。

そうしてお互いに黙ったまま教室まで歩いた。


午後の授業はあっという間に時間が過ぎ去った。

一応ひめの様子も見ていたのだが、彼女はずっと元気そうだったのでもう心配する必要はなさそうである。

まぁ、お昼を食べていないせいで小腹が空いたのなら、お菓子を食べればいい。

今日もひめに食べてもらいたいお菓子をカバンに忍ばせていた……のだが。

「ごめんなさい。実はこれから一週間くらい、放課後は早く帰らないといけなくなって」

慌しく帰宅準備をしながらひめがそう言った。

声がすごく申し訳なさそう……というか、残念そうだ。

「海外の知人と研究の打ち合わせをリモートでやっていまして、それが忙しくなってきました」

「そっか……大変だね」

研究。その単語を聞くと、ひめがやっぱり特別な存在であることを改めて実感する。

どういった内容の研究で、どんな形でひめがかかわっているのだろう。

皆目見当もつかなくて、ひめが遠い存在に感じる。

「本当に大変です。陽平くんと放課後にオシャベリできないのが苦しいです。わたしの癒しがなくなってしまいました……うぅ」

訂正。ひめはまったく遠くない。むしろ心の距離はすぐ近くにいてくれたので、寂しさはすぐになくなった。

その好意が嬉しい……なんて、しょんぼりしているひめに言えないけど。

研究よりもそっちが大変なんだ、と指摘することもためらうくらい落ち込んでいる。

「その代わりにお昼ごはんを一緒に食べてがんばろうと思っていましたが、やっぱり物足りないですね」

お昼を誘ってくれたのは聖さんと顔合わせをさせるため、だけじゃなかったらしい。そういうことだったんだ。

「ごめんなさい。あまり長話でもできなくて……迎えが来ているのでもう行きますね」

雑談の時間すらままならない。

俺も慌ててカバンに手を伸ばしてあれを取り出した。

「ひめ。これ、後で食べて」

差し出したのはチョコのパイ。ふんわりとしたスポンジ生地をチョコレートでコーティングした定番のおやつ。中にはクリームまで入っていてすごく美味しい。

これを二つ。ひめの小さな手にそっと渡した。

「お昼も食べてなかったし、おやつにいいと思う。研究、がんばれ」

ささやかな応援のつもりだった。少しでもひめの力になればいいな、と。

だけど、ひめにとってはささやかじゃなかったようで。

「……そのお気持ちだけでおなかがいっぱいになりそうです」

チョコのパイを胸に押し当てるように大切に握るひめ。

落ち込んだ表情はもう消えていた。

「また明日です。陽平くん、ばいばいっ」

さようなら、ではなく『ばいばい』という言葉が胸を温かくする。親しみを込めてかけられた言葉を心の中で噛みしめた。

「うん。また明日」

手を振り返すと、軽い足取りでひめは歩き出す。教室から出ていく寸前にもう一度振り返っ

て手を振ってきたので、俺もしっかり手を振り返した。

良かった。元気になってくれて。

おかげで俺の気持ちもすごく元気だ。寝不足だったけどやけに思考がスッキリしている。

だからだろう。

ひめがいなくなったすぐ後に、いつもと教室の様子が違うことに気付いた。

(……見られてる)

クラスメイトの視線を感じた。

朝と同じように注目を浴びている。理由はもちろん分かっている。

ひめだ。今まで一人きりで過ごしていた彼女が、今日から急に俺と親しく会話しているのだ……気にならないわけがない。

あの子は今まで誰かとかかわろうとしなかった。話しかけたら返答こそするものの、態度は淡々としていた。特定の相手と話し込んでいる光景なんて俺も見たことがない。

ましてや、笑顔を浮かべることは今までなかったことである。

「星宮さん、笑ってたね。めっちゃかわいかった〜」

「ってか、あの二人ってあんなに仲良かったっけ?」

「大空君と星宮さんってどういう関係なんだろうね。もしかして——」

意識したせいだろうか。視界にこそ入っていないが、後方から俺たちについて話す女子の会話が次々と耳に入ってくる。

内容は悪いようには聞こえない。でも、肝心なところで急に小声になってモヤモヤする。何を言ったのだろう。言いにくいことなのか？　見当違いな憶測なら訂正したいけど、詳細が分からないので動きようがない。

（まずい……変なうわさになってる？）

ひめは目立つ。良くも悪くも、彼女はみんなが気になる少女だ。うわさの矛先としてこれ以上の存在はいない。

悪いうわさが立つのは困る。ひめが聞いて傷つくような内容なら正したい。

ひめの表情を曇らせたくない。そのためにどうすればいいのか、と考え込んだところで……

唐突に、肩を叩《たた》かれた。

「突然すみませんっす！」

明るくて元気。それだけならいい。

しかし、大きすぎる声量で、しかも耳元で発しているとなれば話は別だ。

「み、耳が……」

うるさい。反射的に耳を押さえる。そのせいでうわさ話を聞けなくなる。

いきなり誰だ。耳を澄ませていたのでダメージが大きい。思わず顔をしかめて声の方向を見ると、そこには初めて見る女子生徒がいた。

日焼けした褐色の肌とポニーテールがよく似合う、活発そうな少女。運動部だろうか。小柄だがすばしっこそうな体だと思う。

「あなたが大空陽平先輩っすか⁉」

「……うん、そうだよ」

「初めまして！　あたしは一年の久守灰音《くもりはいね》っす！」

語尾に感嘆符が絶対につくようなハキハキとした声。声量の大きさを本人はまったく気にしていないのだろう。さっきからずっとニコニコとしていた。

「何か用事？」

「はい！　あたし、実は新聞部で……ぜひ大空先輩に取材ができればな、と！」

「俺に取材？　なんで？」

その見た目、その話し方、その雰囲気で運動部じゃないんだ……ということよりも。

平々凡々。どこの学校にもいるようなその他大勢の凡夫。好きでもないし嫌いでもない。いてもいなくてもどっちでもいい。そんな人間に取材することなんてないと思うのだが。

「星宮ひめ先輩と仲がいいんすよね？」

ああ、そういうことか。

俺ではない。彼女の目的は……ひめだ。

「ミステリアスで謎《なぞ》多き八歳の天才少女！　そんな彼女が突然、大空先輩と親しくしてるってうわさが学校中で流れてるんすよ。なのでぜひお話を聞きたいっす！」

「……うわさ、か」

一年の女子である久守さんにまで届いている。しかも学校中に広まっているらしい。だから朝からずっと視線を感じていたんだ。

うーん気になる。どういううわさになっているのか。

彼女は新聞部。うわさ話のアンテナは感度が高いはず。

それなら色々と聞いてみるのもいいかもしれない。

(ひめのことを他人に語るのは、利用しているみたいで気が進まないけど……ごめん)

明日、顔を合わせた時に謝ろう。

でもその前に、ちゃんとうわさ話に関して把握しておきたい。

悪いうわさが立っていたら訂正する。

ひめに危害がないように……年上として、やるべきことをやっておきたい。

そんなことを考えながら、久守さんに頷《うなず》いた。


取材に了承して、案内されたのは使われていない空き教室だった。

一年生のフロアの隅。少子化の影響で使われなくなった場所らしく、今は物置兼作業スペースとして活用されているようだ。壁際には文化祭や体育祭で使われるのであろう道具が雑に置かれている。

「申請すれば誰でも使えるんすよ！　なので、いつも新聞部が使ってるっす！」

空き教室の中央部分。ここだけはスペースが空けられていて、机が数個長方形に並べられていた。その一席の椅子《いす》を引いて、久守さんが座ってくださいと目くばせする。

促された通りに座ると、久守さんは俺のすぐ隣で直立不動になった。

どうしよう。俺だけ座っている状態はすごく居心地が悪い。

「君も座ったら？」

「あたしっすか？　いえいえ、先輩の前でそんな恐れ多いことできないっす！」

「……新聞部なのに体育会系だね」

「中学まで陸上部だったんすよ！　その時のしごかれ……じゃなくて指導された名残が消えないだけなんで、気にしないでくださいっす」

あ、そうなんだ。ポニーテールと日焼けした肌が運動部っぽいなぁと思っていたら、実際にそうだったみたいである。

「怪我《けが》でもう走れなくなっちゃったんで、今は新聞部でペンを走らせてるっす！」

「……そっか」

「あ、あれ？　我ながらうまいこと言ったつもりだったんすけど、つまらなかったすかね」

俺の反応が芳しくないせいか、久守さんはちょっと恥ずかしそうだった。

いや。うまいと思う。でも今は冗談を笑う気分になれないだけだ。

どうしても少し、態度がささくれ立ってしまう。

「……部室はないの？」

「『一人だけの部活動に部室は用意できない』らしいっすよ！」

「一人だけなんだ」

「気持ちは百人のつもりっす！」

明るいなぁ。決して恵まれている環境ではないのに久守さんは前向きだ。

少し話しただけで分かる。彼女は悪い人間じゃない。

しかしどうしても、新聞部というフィルターが邪魔をする。

メディアってスクープに目がない印象があるわけで……ひめに関する話が聞きたいということは、彼女の記事が書きたいということと同義でもあるだろう。

悪いように書かれないかという疑いが晴れない。そのせいでどうしても態度が冷たくなっているかもしれない。

「取材についてなんだけど……その前に一つだけ聞きたいことがあって」

このままだと態度が余計に悪くなりそうだったので、そうなる前に俺から話を切り出した。

「どういう記事を書くの？」

「もちろん、星宮ひめ先輩についてっすよ！」

「それは面白《おもしろ》半分で？」

「……え？」

鈍感な久守さんもようやく気付いたらしい。俺が警戒していることを。

さっきまで笑顔だった表情が急に凍りついた。

「そ、それは……そのっ」

「もし、ひめのことを茶化すような記事ならやめてほしい」

釘《くぎ》をさす。ひめに迷惑がかかるような行為はしないでほしいと、それとなく伝える。

ここまで言えば少しは活動の抑制になるはず。

久守さんも動揺しているのか、落ち込んだ表情で泣きそう……え、泣きそう？

「迷惑だなんて、そんな……そう思われてることがすごくショックっす」

明らかに悲しそうだった。

瞳を潤ませながらも、涙をこらえるように歯を食いしばっている。

「この前、星宮先輩がネットニュースで記事になってたじゃないっすか。その件で先月くらいに取材させてもらったんすよ……校内新聞の評判も良かったので、今度は星宮先輩のプライベートな部分で、かわいらしい一面とか記事にできたらいいなぁ……って」

声に元気がない。

後半になって尻《しり》すぼみになっていく釈明の言葉を聞いて、ようやく気付いた。

新聞部といえば、スクープに目がないというイメージがあった。でもそれは漫画やアニメの見すぎで、久守さんはそういうタイプではなかったらしい。

（この子、いい子だ！）

「星宮先輩って不思議なお人だから……変なうわさでしか彼女のことを知ることができなくて。でも大空先輩は違うっす。仲が良いと聞いたので、大空先輩が見た星宮先輩の素敵な一面を教えてもらおうと思ってて……ごめんなさい、迷惑だったっすね」

「い、いや。ごめん、俺が被害妄想してただけかも」

慌てて謝っても遅い。

「大空先輩は悪くないっす。あたしが無遠慮だっただけなので……」

久守さんはしょんぼりしていた。

まずい。これに関しては俺が完全に悪い。

不必要に警戒したせいで久守さんを傷つけてしまった。罪悪感がすごい。

「ひめは……ひめは甘いお菓子が大好きみたいで」

お詫《わ》びのつもりで一つ、あの子のかわいい一面を久守さんに教えることにした。

「特に、チョコのお菓子には目がないよ。すごく幸せそうに食べる姿がまたかわいくて」

「……おー！」

あ、食いついた。

肩を落としていた久守さんは、俺の話を聞いて途端に顔を上げて目を輝かせる。

「そ、それはかわいいっすね！　想像しただけでやばいっす」

「食べる時も一個ずつ食べたらいいのに、我慢できないのか飲み込む前に口に入れるから……リスみたいにほっぺたが膨らんでくる」

「なるほど！　いいっすね、そういうことが聞きたかったんすよ！」

落ち込んだ表情はどこへやら。

久守さんは再び明るく笑って俺の話をメモしていた。

（……本当に悪意はなかったんだなぁ）

新聞部というだけで警戒した自分が恥ずかしくなる。

傷つけてしまって心から申し訳ない。罪滅ぼしに少しでも力になれるよう、答えられる範囲でなるべく取材に応じることにした。


てっきりもっと下世話な質問をされると思っていた。

ひめの秘密とか、ネガティブな一面とか、欠点とか……彼女を面白おかしく茶化すような話を期待されているのだ、と。

でも違った。

「お菓子が好きで、お姉さんにすごく懐いていて、二人きりだとよく笑う……ふへへ。こういうお話が聞きたかったんすよ」

久守さんが聞いてきたことはひめの日常的な一面ばかり。

明るい話を望んでいた。ひめの迷惑になんて決してならない、むしろ印象が良くなるような愛らしい一面を彼女は知りたがっていたのである。

「見出しはそうっすね……『おひめ様の意外な一面とは⁉』とかいかがっすか？　あ、もちろんご本人に許可はとるつもりっすよ。そこは心配しないでくださいっす」

「う、うん。分かってる、変に疑ってごめんね」

「いえいえ！　初対面なのに図々《ずうずう》しく取材を申し込んだのはあたしなんで、警戒されて当然っすよ。何度も謝らないでくださいっす」

久守さんは引きずらない性格のようで、俺の失態も今はまったく気にしていないみたいだ。

一通り聞きたいことを聞き終えたのか、満足そうな表情で記したメモを眺めている。

ただ、何ページにもわたるメモを見返している最中、とあるページでピタリと手を止めた。

「……大空先輩って、星宮先輩のことを大切なご友人だと思ってるんすよね？」

「うん、もちろん」

唐突な問いに即答できる程度には大切だと思っている。

そんな俺を見て、久守さんは少し険しい表情を浮かべながらこんなことを呟《つぶや》いた。

「実は、星宮先輩について変なうわさが流れてるんすよ」

「変なうわさ……？」

「――お昼ごはんは校長先生にご馳走《ちそう》を振る舞ってもらっている……とか」

彼女が確認しているメモは、ひめに関するうわさ話だったのかもしれない。文章を読み上げるような声を聞いて、なんとなくそう思った。

「下校時間になっても読書を続けて帰らないし、星宮先輩の機嫌を取るために教師も注意できない……とか」

根も葉もない嘘――ではないところがうわさ話っぽいなぁと感じる。

ただし、事実は一部のみ。尾ひれがついているのでここまでくると虚偽と同義。

「あたしは適当な話が嫌いなんで、決して言いふらしたりはしないんすけど……そういうことをうわさしている人は結構見かけるっす」

「久守さん、うわさとかは嫌いなんだ」

「新聞部っすからね！　裏の取れていない情報はただの妄想と変わらないっすよ」

その言葉を聞いて安心した。

久守さんはひめの味方でいてくれる人だな、と。

「……ひめは校長先生とごはんを食べているわけじゃないよ。校長室で、姉の聖さんと食事をしていいるだけみたい」


だから教えた。というよりは、訂正したに近いかもしれない。

うわさ話から虚飾を剝《は》いで、事実だけを明らかにしたかったから。

「放課後まで読書をしているのは、生徒会の仕事で遅くまで残っている姉の聖さんと一緒に帰宅するためだよ。下校時間が過ぎるまで残るなんて、ひめはしない」

「……所詮《しょせん》、うわさはうわさっすね」

俺の話を聞いて、久守さんは肩をすくめて呆れたように笑った。

「でも、裏がとれて良かったっす。星宮先輩に近しい大空先輩の言葉なら信用できるっすから……次にそういううわさを聞いたら、ちゃんと訂正しておくっす」

ここで気付いた。いきなりうわさ話を俺にしたのは、それが虚偽であることを確認するためだったことを。

やっぱり久守さんは信頼できる。

そう思ったので、俺も腹を割って……一番懸念していることを聞いてみることにした。

「ひめのことについて、悪いうわさってある？」

久守さんなら、もしそういう話が存在するのなら把握しているかもしれない。

そう期待して質問してみた。

「えっと……そうっすね。変に現実味がある上におかしな誤解がされそうだな、というのは今の二つくらいなんすけど。一つ、変なうわさがあるっすね」

予想は残念ながら当たった。ひめに関するおかしなうわさがあるらしい。

久守さんはメモ帳をぱらぱらとめくって、それからまたとあるページで手を止めた。

どうやら該当のうわさを見つけたみたいだ。

「あった。これだ……あまりにも有り得ない話なんで誰も信じてはないみたいっすけど、これは星宮先輩の印象がかなり悪いかもしれないっすね」

「それって、どんな？」

さすが新聞部。情報の感度がかなり高い。

おかげで、人付き合いの浅い俺が聞いたことのないうわさ話を知ることができた。

「——星宮ひめ先輩がこの学校に入学したのは、姉の星宮聖先輩を裏口入学させるため」

メモを読み上げた久守さん。

しかし、うまく理解できなくて首を傾げてしまった。

裏口入学とはなんだろう。

「どういうこと？」

「星宮ひめ先輩がこの学校に入学した理由、大空先輩は考えたことあるっすか？」

聞かれたので考えてみる。

入学した理由か……ん？　理由？

「海外の大学を飛び級で卒業できるレベルの天才少女が、この学校を選ぶ理由ってあると思うっすか?」

「ない、かも」

通称白雲《しらくも》学園。正式名称は私立白雲国際高等学園。とはいっても国際交流が活発だったのは一昔前だったらしく、今のレベルは一般的な高等教育機関と同じと言って差し支えないだろう。普通の高校と違うのは国際関係の授業が多めということくらいだ。

レベルは市内でせいぜい上の下程度。全国的に見るとトップクラスと言い難《がた》いかもしれない。

ちなみに俺は家から一番近い学校ということで入学することを決めた。

少なくともひめがわざわざ選ぶ理由はないだろう。

「真相はご本人にしか分からないっす。だけど一番気になるっすよね。星宮ひめ先輩ってどうしてこの学校にいるんだろうって」

「たしかに、気になるけど」

「それで、もっともらしい理由のあるうわさが『姉を裏口入学させるため』だったんすよ」

「……いや、もっともらしいとは言えないような」

それこそ突拍子がない話だと感じた。

しかしそれは、俺が無知だからそう思っているだけのようで。

「えっと……大空先輩は知らないんすか?　結構有名な話っすよ」

久守さんは言いにくそうな表情で俺の様子を見ている。

もちろん俺は何を言われているのかすら検討がついていない。黙ったまま彼女を見ていると、久守さんは小さな声で教えてくれた。

「お姉さんの星宮聖先輩、実は……相当なおバカらしくて」

おバカ。おバカ……おバカ?

いやいや。そんなわけない——と否定しようとした寸前。

お昼休みの聖さんを思い出して、横に振ろうとしていた首がピタリと止まった。

見た目は大人びたお姉さん。ゆるくてふわふわしているものの、お淑《しと》やかで気品のある空気感はとても頭が良さそうな印象がある。

しかし、実際にかかわってみて分かった。

聖さんにはかなり抜けているところがあることを。

悪く言うと、ちょっとおバカな一面もある気がする……と。

「成績は学年でワーストワンみたいっす。あまりにも悪すぎてテストの点数はご友人も見せてくれないとかなんとか」

「……う、うわさだし、実際はそうでもなかったりしない?」

「そう思いたいんすけど……春休み、赤点を取った人限定の補講に皆勤賞だったみたいっすよ。ご事情があって休学していた方から一緒に補講を受けた、というお話を聞きました」

まずい。裏もとれている。

聖さんがおバカといううわさは、限りなく真実に近いということか。

「だからと言って、裏口入学だなんていう話は飛躍しすぎだと思ってるっす。本気にしている人もいないいんすけど……話のネタとして面白いのか、定期的に話題に上がるっすね」

ひめという存在が、あまりにも特殊すぎるが故に。

あの子の話題は雑談にとても使いやすいのだと思う。どんなに突拍子がなくても、『ひめなら有り得る』という説得力が生まれてしまう。

その上、聖さんの成績が悪いということが事実となれば……色々とかみ合って、変に真実味を帯びてしまったということか。

「星宮先輩のこと、気にしているようでしたから、一応伝えさせていただいたっす」

「ひめはそんなことする子じゃないよ」

「もちろん！　星宮先輩みたいなお方が、こんな浅はかな真似をするわけないっすよ」

久守さんは説明せずともちゃんと分かってくれていた。

それなら、これ以上は何も言う必要はないだろう。

「あ、時間も遅くなってきたっすね。今日はたくさんのお話を聞かせてくれてありがとうございましたっす！　また何かあったら、ぜひ取材させてくださいっす」

「こちらこそ、ありがとう」

色々なうわさを教えてくれて。

それから、変にうわさを助長しないでくれて。

久守さんみたいな生徒がいるおかげで、おかしなうわさも大きく広まらないのだと思う。実際、俺みたいな交友関係の狭い人間は知らなかったわけだし。

とりあえず問題はなさそうだ。

出回っているうわさも、デマでこそあれども悪質性の高いものはなかった。

変に警戒して、敏感になっていたせいだろう。

安堵《あんど》して体から力が抜けた。

(ひめに迷惑がかかることはなさそうで良かった)

と、あの子のことを強く考えていたせいだろうか。

荷物を取りに教室に戻ると、幻覚が見えた。

「……ひめ?」

女子生徒がいた。しかもひめの席に座っている。

うつ伏せになっているので背中しか見えない。教室は消灯されて薄暗くなっていることもあり、姿が鮮明に見えない。

だから呼びかけてしまった。今日はもう帰宅していると分かっていたのにもかかわらず、つい呟いてしまった。

でも、直後に気付いた。

その髪は栗色で、ゆるいウェーブがかかっていることに。

「ひめちゃんじゃないよ～」

声を聞いて、それから教室の電気を点《つ》けてようやく確信した。

彼女はひめじゃない。ただ、ひめに近しい人ではあるので完全な不正解というわけではないと思う。

「ごめん。聖さんか」

「はーい。聖さんでした～……って、おーい。なんで残念そうなのかなぁ？」

ふわっとしたノリツッコミは面白いと言うよりも気が抜けた。

話しているだけで、気だけでなく体からも力が抜けそうだった。


どうして聖さんがここにいるんだろう。

「よーへーに会いたかったからだよ～」

「な、なんで？」

「というのは嘘でーす」

「嘘なんだ……」

「ふふっ。ドキドキしちゃった？　それともうざかった？」

……まぁ、どちらもちょっとだけ。

放課後の教室。いつもならひめと二人きりでいる時間に、彼女の姉である聖さんと一緒にいる。なんだか不思議な状況だ。

「でも、よーへーは私じゃなくてひめちゃんに会いたいみたいだし、ドキドキしないか」

「そんなことないよ」

「そんなことありそうな顔してたくせに～」

からかわれている、のかな。

ひめがいない状況で聖さんと話すのは今が初めてだ。

学園一の美少女と名高い聖さんと二人きり。

昨日までの俺なら緊張してもおかしくない場面。しかもからかわれるなんて、まるで夢みたいな出来事だと思う。

しかし聖さんの性格を知っているせいか、今はとても落ち着いていた。

（……裏口入学）

久守さんから教えてもらったうわさ話が頭から離れない。

改めて対面してみても思う。

良く言えば抜けているし、悪く言えば……おバカそうだな、と。

もちろん本人に聞こうだなんて微塵《みじん》も思っていない。ただ、脳の片隅に引っかかるというか、まだ時間が経《た》っていないこともあってうまく整理できていないのだと思う。

早く忘れてしまおう。所詮はうわさに過ぎないのだから。

「それで、なんでここにいるの？　聖さん、違うクラスなのに」

もう下校時間も迫っている。

あまりだらだらと雑談する時間がないので、単刀直入に気になっていたことを聞いてみる。

「よーへーと一緒の理由だよ～。私、ひめちゃんを待ってるの」

いや。俺は別に待っているわけじゃない……って、あれ？

「ひめは研究の打ち合わせがあるからって先に帰ったけど」

「…………？？？」

おかしい。聖さんの頭の上に疑問符がたくさん浮かんでいる。

まるで、海外の人に英語で道を聞かれた時みたいな顔でぽかんとしていた。

「リモートで打ち合わせがあるらしいよ。迎えも来てたみたい」

もう一度、ひめから聞いた話を思い出しながら丁寧に説明する。

「じゃあなんでよーへーはいるの？　ひめちゃんを待ってるんでしょ？」

「俺は用事が今終わっただけだよ」

「えっと……うーん……あっ」

そこで聖さんはようやく思い出したようだ。

「そ、そういえば今日は早く帰るって言ってたような気がするかも？」

「聖さん……忘れてたんだ」

「ち、違うもん。聞いたけど思い出せなかっただけだもん」

それを忘れたと表現するのでは？

「ひめがいない時点で気付かなかったんだ」

「……お手洗いにでも行っているのかなぁって。ここに来たのも十分くらい前だし、ちょっと遅いなぁとは思ってたんだよ？　本当だもん」

「いや、疑ってはないけど」

教室の電気も消えていたので、聖さんが来て間もないというのはなんとなく分かる。ひめと合流してすぐに帰る予定だったのだろう。

「今日も生徒会の仕事があったんだよね？」

「うん。ちょっとだけ早めに終わったから、ひめちゃんを迎えに来て……はぁ」

聖さん、ひめのことを忘れていたことが相当ショックだったみたいだ。

ため息をついてうんざりしたようにだらんと伸びている。机の上で片腕を枕《まくら》にうなだれている彼女の顔は、やけに暗かった。

「――私って本当にダメだなぁ」

話しかけた、というよりはつい漏《も》れたと表現した方が適切かもしれない。

いつもゆるくてふわふわしている聖さんらしくない、ネガティブな呟きだった。

「話を無視してるわけじゃないんだよ？　いつもいつも、ひめちゃんのお話は真剣に聞いてるのに……気付かないうちにふわって忘れちゃうの」

決してひめを軽んじているわけじゃない。聖さんはそう言いたいのだろう。彼女なりにひめのことは大切にしていることは、もちろん見ていて分かる。

でも、大切な妹だからこそ……姉としての自分に不満を抱いているのかもしれない。

「私、覚えるのが苦手なの。もちろん勉強もそうだし、約束事も記憶するのが苦手で……今日もお弁当を忘れちゃった。ひめちゃんが気付いて持ってきてくれたから良かったけど」

……少し、空気が変わったような。

ひめと一緒にいる時はいつも笑顔を絶やさない朗らかな聖さんが、今は落ち込んだ表情でため息をついている。

「私は食べるのが大好きだから、お弁当だけは絶対に忘れないと信じてお弁当箱を持ってくる当番に立候補したんだけどなぁ……この前初めて忘れちゃって、ひめちゃんと二人でおなかぺこぺこになっちゃった」

（それって、もしかして……）

その話を聞いて、とある記憶が繋《つな》がった。

ひめに初めてお菓子をあげた時のことである。

あの時、彼女が『ぐ～』とおなかを鳴らしていた。

どうやらその原因は聖さんだったようだ。

「それからはひめちゃんが出かける前に必ずお弁当を持ってるかチェックしてくれるようになったの。そのおかげで私が忘れても、今日みたいにひめちゃんが助けてくれるんだけどね……お弁当を持ってくることさえできない自分が、ちょっとだけ嫌になっちゃう」

聖さんの視線は俺の方を向いている。

しかし焦点はあっていない。虚空をぼんやりと眺めているので、俺に話しかけているという意識も低いように感じる。

ついつい弱音をこぼしてしまった。一度溢《あふ》れたら止まらなくなった。堰を切ったように言葉を続けている。と、いう感じかもしれない。

「ひめちゃんはあんなに記憶力がいいのに、なんで私はこんなにダメなんだろうなぁ……お姉ちゃんなのに、すっごく情けないよね」

優秀な妹を持つが故の悩み、かもしれない。

嫌でも自分と比較してしまうせいで聖さんは自己嫌悪しているように見えた。

「情けなくなんてないと思うよ。生徒会の副会長だってやってるんだから」

「……ただの内申点稼ぎだよ？　お勉強が苦手だから、せめて先生たちの印象だけでも良くしてておかないと、進級も怪しいってだけだもん」

気を遣って柔らかい言葉ではあるものの、俺の浅い同情は拒絶されている。

「むしろ、生徒会の仕事のせいでひめちゃんを放課後まで待たせることになってて……あの子は『気にしないで』って言ってくれるけど、迷惑をかけちゃってるくらいだもん。私がもっとしっかりしてたら内申点なんて気にしなくていいし、生徒会なんてやらずにひめちゃんとすぐに帰られるのにね。本当にダメなお姉ちゃんだなぁ」

「いやいや。そんなことない……と思う」

聖さんが慰めの言葉を求めていないことはなんとなく分かっている。しかし、反射的に慰めたくなるくらい今の聖さんは暗かった。

でも、それがしつこかったのかもしれない。

むしろ俺の拙《まず》いフォローは、彼女の心を逆撫《さかな》でしたようだ。

「そんなことあるよ」

今度は曖昧にしない。ハッキリと首を横に振った。

普段みたいに声を間延びさせることもなかった。

冷たい声で、否定された。

「お姉ちゃんの私がおバカだから、あの子に余計な負担をかけてしまっている。お弁当すら持ってくることができない私のせいで、ひめちゃんに迷惑をかけている。もちろんあの子は怒ったりしないよ？　でも、心配させちゃっているの」

止まらない。

俺の不用意な一言をきっかけに、聖さんは自分を抑制できなくなっているように見える。

「学校だって、あの子は私を放っておけなくて同じ高校に通うことに——って、あ」

発した後で、聖さんはハッと口を押さえた。

言うつもりのなかった一言だったのだろう。

「……ご、ごめんね。よーへーって話しやすいから、つい変なこと言っちゃったなぁ。忘れていいからね？　というか忘れて！」

慌てて取り繕っている。ここから先は踏み入れないでほしいと拒絶している。聖さんは同調を望んでいる。

『そうだね。聖さん、難しいことを考えすぎて変になっちゃってるよ』

『ふふっ。たしかにそうかも～』

なんて、しらじらしい会話で終わらせてしまえば、あるいは一番穏便なのかもしれない。

聖さんの隠したい本音は聞かなかったことにした方が、彼女にとってもいいと思う。

「忘れるには……少し、ひめと仲良くなりすぎたかな」

でも、臆《おく》して何かをなかったことにしても後悔するだけ。それは過去に学んでいた。

だから逃げずに向き合った。聖さんの目を見て、首を横に振る。

「……はぐらかしたらダメ？」

「できれば聞かせてほしい。無理に話す必要はないけど」

「その言い方はずるいよ、もうっ……仕方ない、か」

俺が真剣に耳を傾けていることが彼女にも伝わったようだ。

聖さんは観念したように肩をすくめて、ゆっくりと体を起こした。

「大した話じゃないよ？　ただ、私が情けなくて、ひめちゃんが天使ってだけの話」

「ひめが天使……それはなおさら聞いてみたいかも」

聖さんが情けないかどうかは聞いた後で判断するから、それはさておき。

ひめが天使という話なら、ぜひぜひ聞かせてほしいところだ。

「……本当はね、ひめちゃんは日本の学校に通う必要はなかったの。海外で大学の卒業資格まで取ったから、わざわざ通いなおす必要なんてないでしょ？　でも私がこの学校に行くって決めたら……急に一緒の学校に行くって言い出しちゃって」

その内容は奇しくも、久守さんから教えてもらったうわさにかかわるものだった。

ひめがこの学校に通っている本当の理由について、である。

「ひめちゃんは、私のためにこの学校に通っているの」

お姉ちゃん――聖さんがいるから、ひめはこの白雲学園に通っているということか。

「私のことを心配して、放っておけなくて、目の届くところにいてくれている。ミスをしたらすかさず助けてくれる。優しくてかわいい妹のひめちゃん。本当に大好きだと思ってる……だから、迷惑をかけて負担になっているお姉ちゃんは、自分が情けなくて悔しいの」

打ち明けてくれた事実を聞いて、俺は……つい笑ってしまった。

もちろんバカにしているわけじゃない。ただ、ありえない話だと思ったから。

「そんなことないよ」

無意識に発していたのは、先程と同じ否定の言葉。

「……そんなことあるって言ってるでしょ？」

一瞬、聖さんの表情が険しくなる。真面目に話したのに、という不満を感じる。

だけど今度は浅いものではなく、心からの言葉だった。

「いやいや。ひめが聖さんを迷惑に思うことなんてないよ」

断言できた。

本当の気持ちは本人しか分からないので確証はない。ただしそれでも、ひめの聖さんに対する気持ちを間違えるわけがないと自信がある。

「だってひめは、聖さんのことがすごく大好きだから」

今日、一緒にお昼を食べていた時に見ていて思った。

とても仲のいい姉妹だなぁ、と。

「聖さんを心配していることは事実だと思う。でも、それだけじゃないよ。ひめは聖さんのことが大好きだから、この学校に通ってるんだよ」

「……なんでそう思うの？　大好きなだけなら学校にまでついてくる必要ないでしょ？」

「そうかな？　俺にはこう見えたけど」

　聖さんと一緒にいる時のひめは、俺と一緒にいる時よりもずっと自然体だった。

　誰よりも心を許している人なのだと、そう認識できたくらいに。

「大好きなお姉ちゃんから離れたくない。なるべく長い時間一緒にいたい。だから同じ学校に通っている——と、俺は思った」

　ひめは大人びているけど、実年齢は八歳の子供だ。

　寂しいから大好きな人の近くにいたい、と思うのも当然な気がする。

「負担になんてなってないよ。聖さんの存在は、むしろひめの助けになってる」

「助けに……なれてる？」

「うん。きっとそうだと思う」

　……勘違いしてほしくない。

　ひめと聖さんは傍《はた》から見ていてとても素敵な姉妹に見える。

　だからちゃんと訂正したかった。

　聖さんの気持ちも分からなくはない。あんなに優秀な妹がいたら、自分と比較してネガティブになることだってあると思う。

別に、聖さんの推測はまったくもって間違えているわけでもない。視点を変えれば、そう捉《とら》えることだってできるような状況ではある。

ただ、俺のような見方もあるんだよと、聖さんに知ってほしい。

そして、ひめのことが大好きな聖さんならきっと……その気付きだけで、ちゃんと分かってくれると信じている。

「………」

しばらく聖さんは無言だった。俺のことをぼーっと見つめている。考えを整理しているのかもしれない。

時間にして十数秒くらい。俺も黙って待っていたら、急に聖さんはガバッと顔を伏せて隠してしまった。

「泣いてないもん」

「何も聞いてないのに」

「泣いてないから……ぐすっ」

もしかしたら、かなり響いたのかもしれない。

だとしたら、すごく嬉しい。なんだかんだ薄々分かってはいたのかな。

ひめの愛情を理解していなければ、俺の言葉がこんなに刺さることはないと思う。

……姉も妹も、すごくお互いを大切に思っているのだろう。

(所詮、うわさはうわさにすぎない)

何が裏口入学だ。そんな浅い理由なんかじゃない。

ひめがこの学校に通っているのは、大好きなお姉ちゃんのためである。

これならたぶん大丈夫だ。

仲のいい星宮姉妹を見て安心した。

この先もずっと、星宮姉妹は仲良くいてくれるだろう。


ふと気づけば空が茜色《あかねいろ》に染まっていた。

夏が迫って最近は日が長くなっている。時間も夕方をとっくに過ぎていて、グラウンドにいる野球部は照明をつけている。

今日も高校球児たちに感心だ……なんてことを考えていたら聖さんがいつの間にか泣き止《や》んでいた。

いや、あるいは自分で涙を強引《ごういん》に止めたのかもしれない。

すました顔で俺を見ている。まるで泣いてませんけど、と言いたげな表情で。

「……鼻水出てるよ」

証拠はたくさん残っている。ほっぺたに付着した微かな水滴も、垂れた鼻水も、真っ赤《まっか》な目と鼻も、見て見ぬふりをしたら不自然なくらいに。

「泣いてない……ことにしてね」

意地を張るのも限界だと観念したのか。

聖さんはハンカチで鼻を押さえながら、小さな声で懇願してきた。

「泣くのってそんなに恥ずかしいことじゃないと思うけど」

「違うの。お姉ちゃんは泣かない生き物なんだもん。妹が不安になっちゃうでしょ？」

言われて思い出した。そういえば俺の姉もいつも笑っていた記憶がある。

年が離れていたということもあるかもしれないが、落ち込んだ表情を俺の前で一度として浮かべることがなかった。

姉の意地、というものだろうか。

「油断したなぁ。まさかよーへーに泣かされるとは思ってなかった」

聖さんは苦笑交じりにそう言った。視線もどこか恨めしそうである。

「がんばって『お姉ちゃん』してるんだよ？　少しは気を遣ってくれてもいいのに」

……先程からずっと思っていたことなのだが。

（やっぱり違う）

雰囲気も、話し方も、態度も……ひめがいる時の聖さんと比べると違う。

正直なところ、少し驚いている。

いつもおっとり笑っているゆるふわ美少女。悩みなんてまったくない。むしろ悩みという概念が分からない。食べて寝て生きてるだけでいつも幸せ——そういう人なのかなと思っていたが、どうも違うらしい。

聖さんは、聖さんなりの理由があって、あえてこういう態度をとっているのだ。

つまり、彼女は『おバカ』で何も考えて、ないわけじゃない。

「何もできないお姉ちゃんだけど、せめてひめちゃんを不安にだけはさせたくないの」

だから聖さんはいつも笑っている。

ゆるく、ふわふわと、周囲の人を……いや、ひめを笑顔にするために。

「「なるほどなぁ」」

何気なく呟いた一言だが、奇跡的に一致して思わず顔を見合わせた。

「……ひめちゃんがよーへーに懐いた理由が分かった気がする」

「……ひめが聖さんを慕う理由が分かった気がする」

言葉にして、同じようなことを考えていたことが分かって、つい二人で笑ってしまった。

「ふふっ。先行はどっちにする?」

「じゃあ、俺からで」

聖さんにちゃんと言葉で教えてあげたい。

ひめがなぜ、君を好きでいるのかを。

「気付いてるよ。聖さんがひめの前で意識的に明るく振る舞っていることを、彼女は分かってる。頭がいい子だから……その優しい気持ちも理解しているからこそ、聖さんのことが大好きなんだ――と思った」

「ふむふむ。それはそれは……なかなか照れますにゃぁ」

ニヤニヤ。ひめの気持ちが嬉しいのかすごくニヤけている。

相思相愛の姉妹だ。照れ隠しなのか語尾をふざけているけど、感情をまったく隠せていないところはひめに似ている。

いや、ひめが聖さんに似ているのか。

素直な姉妹なんだろうなぁ。

「ふぅ……よーへーがいるとついゆるんじゃうね。ほっぺたも、警戒心も、気持ちも、全部がゆるゆるになっちゃう」

「涙腺も?」

「るいせんなんて言葉はしりませーん」

そして今度は聖さんのターンになった。

お返しと言わんばかりに彼女が俺を褒めてくれている……のかな?

「まぁ、威厳がない自覚はあるよ」

「いい意味でね」

「はたしてそれはいいことなのか」

「ふふっ。男の子としては複雑なのかな？　でも、あなたの隣にいるとすごく落ち着く。良くも悪くも、ついつい油断しちゃう」

「そう？　緊張させないのはいいことかな」

「うん。だからひめちゃんは、よーへーに懐いたんだね」

……あの子が俺に心を許してくれた理由、か。

お菓子をあげたのがきっかけではある。でもそれが全《すべ》てではなく、ちゃんと俺を見て評価してくれていたのだろうか。

「ひめちゃんは色々と考えすぎちゃう性格みたいだけど……よーへーの隣にいる時は安心できるから、何も考えなくてすむんじゃないかなぁ」

だとしたら、すごく嬉しい。

今まで他人に認めてもらったことがないので、聖さんの言葉は素直に嬉しかった。

「……ねぇ、最後にもう一つだけ聞いてもいい？」

もちろん。否定する理由なんてない。

頷くと、聖さんは背筋を伸ばして俺と目を合わせてから、一言。

「ひめちゃんのこと、どう思ってるの？」

問いかけを聞いて、彼女がなぜ姿勢を正したのか気付いた。

はぐらかさないでほしい。真剣に答えてほしい。

大切な妹のことをどう思って、どんな感情を抱いているのかを、聞きたがっている。

「……妹にしたいくらいかわいい友達、かな」

だから俺もちゃんと答えた。

「もちろん、優秀ですごい子だということも分かっている。でも、やっぱり子供らしいというか、愛らしいというか……素直で純粋で、接していると心が温かくなるような、そういう魅力があるかわいい少女だと、思ってるよ」

照れそうになる感情を必死に抑えて、心からの思いを言葉にする。

すると、聖さんはふわっと笑った。

「ふふっ。よーへーはあの子のこと、ちゃんと見てるんだね」

最愛の妹が褒められたから、だろうか。

聖さんはなんだか嬉しそうだ。

「……合格、かな」

「合格とは?」

「さて、何に合格したのでしょ～?」

もう背筋は伸びていない。軟体動物みたいに体はふにゃふにゃと揺れている。

（あ、元の聖さんだ）

一日で分かった。先程の真剣な表情は消えている。

まるで、もう裏の顔を見せるのは終わり——と言わんばかりに。

「うんうん。ひめちゃんが懐いてるから悪い人じゃないことは分かっていたんだけど、実際に話してみてなんだかほっとしたなぁ」

もしかして、大切な妹の友人として危険がないのかどうか観察されていたのかな。

それに『合格した』ということだろうか……だとしたら、姉のお墨付きがもらえたのは喜ばしい。

「私も仲良くできそうで良かったよ～」

俺の方こそ、彼女との関係も良好なものを築けそうで安心した。

聖さんも同様のことを思っていてくれたらしい。それは良かった。

「………」

一瞬、間が空く。会話が途切れて無言が生まれる。

「えっと……あの、さ」

そのタイミングで聖さんは席を立ちあがって、俺に一歩だけ歩み寄った。

窓から差し込んだ夕日が彼女の顔を照らす。そのせいなのか、いつもより赤く見える顔で聖さんはこんなことを呟いた。

「その……ひめちゃんに言われてることは、気にしなくていいからね。変に意識せず、普通の友達から始めてくれると嬉しい……です」

「え？　それは、どういう……」

何を言われているのか分からなかった。

もちろん詳細を聞き返そうとしたのだが、

「そういうことだからっ。じゃあね、よーへー」

聖さんは逃げるように歩き出してしまったので、何も聞くことはできず。

「うん。またあし……た」

手を振るのが精一杯だった。急にどうしたんだろう？

ひめに言われていることで、気にするような内容なんて……いや、ある。

『わたしのお姉ちゃんと結婚してください』

昨日の出来事が脳裏に浮かぶ。ひめの声が、頭の中で繰り返される。


「――結婚のこと、か」


口に出してみて、確信した。

たぶん間違いない。聖さんは、どうやらずっと結婚のことを知っていたらしい。

「まったく気付かなかった……っ」

てっきり結婚の話なんて知らないものだとばかり……そう勘違いさせるほど、聖さんの態度はずっと自然体だった。

俺のことを変に警戒することもなく、かといって過剰に意識することもなく、平然と、初対面の同級生と同じように接していた。

妹に『あの人と結婚して』と急に言われた相手に対して、である。

(やっぱり、よく分からない人だ)

少し背筋が冷えた。

つまり聖さんは今日一日、俺をずっと見定めていたのである。

俺の言動のどこかに不信な点があったら、彼女は恐らくひめに提言していただろう。

俺との交流を控えるように、と。

お姉ちゃんとして妹を守ろうとしていたのだと思う。

その点に関して何か言いたいわけじゃない。むしろ印象以上にしっかりした人だと知って安堵している。聖さんみたいな姉がいれば、ひめも安全だと思うから。

ただ、油断していたというか、意識をまったくしなかったというか……聖さんを警戒していなかった。

(もしかして、校長とのやり取りも見られてた?)

聖さんと最初に出会った時のことを思い出す。

校長と険悪になりかけた瞬間に彼女は登場した。そのおかげで何事もなく会話は終わった……それにしてもやけにタイミングがいいと思っていたのだが、やっぱりあれは意図的だったのかもしれない。

あの時点からすでに俺は見定められていたのだ。

「『合格』か」

ひめの友人として、だと思っていたけれど。

もしかしてその合格には、結婚相手として……というのは早計だよな？

この浅いやり取りで判断できるわけがないので、それは俺の考えすぎだと分かっている。

でも、気付いた瞬間から鼓動が大きくなっているので困ったものだった。不意を突かれて大きく動揺しているのだと思う。

「ふぅ……帰ろう」

深呼吸を一つ。気持ちを落ち着けてから荷物を抱える。未《いま》だに鼓動は速いが、これぱっかりは考え込んでも仕方ない。

聖さんは言っていた。あまり意識しないで友達から始めてほしい、と。

だったら俺も気にせず、自然体でいるように努めよう。その方が聖さんにとっても、俺にとってもいいことだと思うから。

（……ひめに会いたいなぁ）

今日の放課後は色々あった。

久守さんの取材を受けて、うわさ話を聞いて、聖さんを慰めて、見定められて……疲れていないと言えば嘘になる。

少し落ち着きたい。

そう思っているせいなのか、なんだか無性にあの子と話がしたくなった。

翌日はいつもより早めに家を出た。

寝不足だったせいか昨日はぐっすり眠れたので調子がいい。目覚めも良くて朝ごはんもちゃんと食べた。それなのに母が『いつもこうならいいのに』と相変わらず愚痴をこぼしていたのはなぜなのだろう。軽く聞き流していつものようにコンビニに寄ってから登校した。

普段の登校時間は始業十分くらい前が多い。

ひめはこの時点ですでに登校しているのでここであいさつを交わすのが日課である。ただし今日は俺が三十分も前に到着したせいか、あの子はまだいなかった。

やっぱり早すぎたかもしれない。ひめの不在を残念に思いながら席に座る。

その時だった。

「……あっ」

着席数秒。教室の入口を見ると、白銀の少女がこちらを見て目を真ん丸にしていた。ただし硬直していたのはわずかのことで、足早にこちらに寄ってくる。

「陽平くん、おはようございます」

ひめがぺこりと頭を下げる。いつも通り礼儀正しく。しかし頭を上げる時にぴょこんと飛び跳ねた上に、表情がとても明るかったので、嬉しそうな感情が容易に読み取れた。

ふわっと揺れた銀の髪を見て自然と頬がゆるむ。

やっぱりかわいいなぁ、と。

「おはよう、ひめ」

「わたしより早かったのでびっくりしちゃいました」

「実は眠りすぎて朝早く起きちゃって」

「早寝早起きはいいことです。陽平くん、えらいえらい」

ひめは俺の腕をポンポンと叩いて労《ねぎら》ってくれていた。

褒められるのは純粋に嬉しい。相手が八歳の少女だとしても、だ。

「ひめの調子はどう？　昨日はお昼ごはん食べてなかったから心配で」

「わたしはもちろん元気です。陽平くんからいただいたお菓子のおかげか、研究の打ち合わせもスムーズに終わりましたよ。ありがとうございました」

「力になれたなら何よりだよ」

「はい。しかも、今日は朝早くから陽平くんにお会いできたので、もっと元気になっちゃいました」

……ああ、落ち着くなぁ。

裏表のない純粋な好意に胸が温かくなる。

この子の隣にいるとやっぱり居心地が良い。

もちろん、聖さんや久守さんが接しにくいというわけじゃなくて、ひめが特別なだけだ……って、そういえば。

「ひめ。実は、謝らないといけないことがあって」

久守さんの名前で思い出した。

「昨日、新聞部の久守さんにひめの話を聞かせてほしいって取材を受けて……その時にひめのことをたくさん話しちゃったんだ。勝手に話してごめん」

事後報告になったことも含めて、ちゃんとひめに謝っておく。

色々あったし、悪いことは言っていないとはいえ、それでもやっぱり申し訳ない。

「別に構いませんよ？　謝らないでください」

ひめはまったく怒っていない。

謝られる意味すら分からないと言わんばかりにきょとんとしている。

「久守さんからはわたしも取材を受けたことがあります」

「そういえばそんな話もしてたよ。研究について取材したって言ってた」

「……ちなみに陽平くんはどういうお話をしたのですか?」

「ひめがかわいいって話を、たくさん」

「そんな。かわいいだなんて……えへへ」

というか、むしろ喜んでいるような。

ひめもどうやら褒められるのに弱いみたいだ。

すぐに照れて顔を真っ赤にするあたりが、この子らしくて愛らしかった――。

第三話　無邪気な『大好き』

朝。家を出ると、煌々《こうこう》と輝く太陽に目がくらんだ。

七月の初旬。梅雨が明けるのはあと一週間ほど先とニュースでは言っていたのに、もう終わっている気がする。ここ数日は晴れてばかり。

梅雨は嫌いだ。しかし夏が好きというわけでもない。どちらかというと寒い冬の方が過ごしやすいと思っているので、今の季節は苦手だ。

「暑いなぁ」

思わず独り言をこぼしてしまうほどの気温。ちょっと前まであんなに恨めしかった雨雲がもう恋しい。せめてもの抵抗で壁沿いの影を伝うように歩いてコンビニへと向かう。

店内は涼しい。もはや寒さを感じるほどに冷えている。温度差で風邪ひきそうなくらいに。

いつものように昼食とお菓子を買いにきた。パッと目についた焼肉弁当を手に取ってお菓子コーナーへと向かう。ひめが持ち返りやすいように、お菓子は食べやすいサイズで個包装のものを……と選んでいる時に、手がピタリと止まった。

（今日からひめ、また放課後は残るんだった）

どうやら携わっていた研究が一段落したらしい。つまり、一緒にお菓子を食べる時間があるということ。サイズとか包装の有無とか気にしなくてもいい。

一週間ぶりだろうか。随分と時間が空いた気がする。

もちろん、今までも授業の合間に話したり、昼休みには校長室で聖《ひじり》さんも一緒に昼食を食べていたので、まったくかかわりがなかったわけじゃない。

ただ、放課後の二人きりの時間は、やっぱり俺《おれ》にとって特別なのかもしれない。その時間をすごく楽しみにしていたのだろう。

（いや待て。こんなに食べきれない）

レジに何個もお菓子を持って行きかけている自分がいた。あれもこれもひめに食べてほしいと無意識に手が動いていた。仕方なく選別してお菓子を棚に戻しておく。

会計してコンビニを出ると、熱気に肌が包まれた。

暑い。でも、さっきよりは不思議と不快に感じない。

登校の足取りはいつもより軽かった。


「なんだか久しぶりな気がします」

放課後。クラスメイトが帰路につくのを横目に見ながら、ひめが俺の机にぺたんと両手をついた。反動で髪の毛が跳ねて、微《かす》かにシャンプーの匂《にお》いが漂ってくる。

柑橘《かんきつ》系の爽《さわ》やか芳香。それを感じるくらいの距離感が、ひめの心情を教えてくれた。

「陽平《ようへい》くんとのんびりお話しできるのがすごく嬉《うれ》しいです」

「研究お疲れ様。ゆっくり落ち着く時間ができて良かったよ」

「あ、でも……もし早く帰宅したいということであれば、わたしに気を遣わなくてもいいですからね？」

うんうん。変に遠慮してしまうのも、ひめらしくて微笑《ほほえ》ましい。

「そんなこと思わないよ」

「それなら、いいのですが」

「ひめとオシャベリするのは、俺もすごく楽しいから」

「……楽しく、思ってくれているのですね」

そう伝えてあげると、ひめは照れたのかほっぺたを両手でむにっと押さえた。

「陽平くんは天才です」

「そう？　どこにでもいる平凡人間だと思ってたけど」

「はい。だって、少しお話ししていただけなのに、体から力が抜けてきちゃいました。陽平くんはわたしをふにゃふにゃにする天才です」

どうやら俺は無自覚に凄《すさ》まじい才能を持っていたらしい。

……というのはもちろん冗談だと分かっている。ただ、ひめに褒められるのは単純に嬉しいので気分は良かった。我ながら簡単な人間だと思う。

「手で押さえていないとほっぺたが落ちそうです」

「俺が押さえようか？」

あまりに愛らしいひめに、ついイタズラ心がくすぐられてそんな言葉が口に出た。

あと、ほっぺたがすごく柔らかそうだったので、触りたいという気持ちもある。

「そんなことしたら、今度はほっぺたが溶けちゃうかもしれません」

「なおさら見たくなってきたかも」

「にゃ、にゃんと」

イタズラは成功している。ひめはかなり照れていて、言葉がいつも以上に舌ったらずになっていた。

やっぱりこの子は見ているだけで癒《い》やされるなぁ。

「えっと、その……」

ひめは迷っている。視線を右往左往と泳がせて、時折俺の方を見ては目が合うとすぐにそらす。というのを何度も繰り返す。

時間にして数分。クラスメイトもいつの間にか帰宅していて、二人きりになった。

さて、かわいいひめをたっぷりと堪能《たんのう》したところで。

もちろん実際にやるつもりはないので、冗談だと伝えようとしたのだが。

「……少しだけなら」

にゃんと。今度はこっちが動揺する番だった。

「い、いいの……？」

「はい。陽平くんになら」

興味がない。と言えば嘘《うそ》になる。むしろ興味津々と言っても過言ではない。

ひめのほっぺた。聖さんがいつもぷにぷにしているので実はものすごく羨《うらや》ましく思っていた。触ってみたいなぁ、と思わずにはいられないくらい柔らかそうなのである。

「じゃあ、ちょっとだけ」

本当は断るべきなのかもしれない。ひめも恥ずかしそうだ。

でも、我慢できない。好奇心に負けてひとさし指を伸ばした。

『ぷにゅん』

すごい。なんだこれ。お餅《もち》か。いや違う。スベスベした感触とぷにぷにした触感……高級羽毛布団《ふとん》をギュッと圧縮したような感じかもしれない。ってなんだこの表現は。意味不明すぎて自分が困惑していることに気付く。

それくらい未知の感触。ずっと触っていられる心地良さに溺《おぼ》れてむにむにが止まらない。

「あの」

「………」

「陽平くん？」

「……」

「そろそろ、いいですか？」

「……」

「……あう」

不思議な感覚だ。ひめの声が聞こえているのに反応できない。ちゃんと表情は見えている。だけど指が止まらない。

永遠に触っていられる。ただ、ひめの方はそろそろ我慢の限界だったみたいで。

「ほ、ほっぺたが、ゆるゆるに……っ」

かすれる声で訴えられて、俺もハッと我に返る。

その時に見たひめの顔は、ゆでだこみたいに真《ま》っ赤《か》だった。

「――ごめん！」

我に返って、慌てて指を引っ込める。ただしもう手遅れだったみたいで、ひめはほっぺたをぎゅーっと押さえて動かなくなった。

「だ、大丈夫？」

「……陽平くんのいじわる」

それから恨めしそうにこちらを見るひめ。

あまりに恥ずかしかったのか、ちょっとだけ涙目になっていた。

「想像以上に柔らかくて、つい……嫌な思いをさせてごめん」

イタズラにしても度が過ぎていた。申し訳なくてしっかりと謝っておく。

「あ、いえ。そこまで謝らなくても」

ただ、ひめは寛容な少女。

俺のイタズラにも怒らずに許してくれた。

「嫌とは、言ってませんから」

「え？　嫌じゃなかったの？」

「……言ってないです」

言ってないのなら肯定なのでは？

「たまになら……いいですよ」

いいんだ。やっぱり落ち着いているというか、この子はすごく心が広い。

「あ、ありがとう？」

断るのはなんとなく違うと思う。ただ、喜ぶとそれはそれで変なリアクションだと思ったので、曖昧《あいまい》に感謝を伝えておいた。

「いいえ。陽平くんになら、ほっぺたくらい全然かまいません」

リアクションは正解だったのだろう。

ひめは小さく頷《うなず》いてくれた。その表情は先程よりも赤みが薄れている。

良かった。ひとまず気分も落ち着いたらしいので一安心。

ふぅ……危ない危ない。

久しぶりに二人きりなので、俺もテンションがおかしくなっていたみたいだ。


そんな感じで、ひめ共々浮かれていたわけだが。

少し冷静になるためにも、カバンからお菓子を取り出した。

「ひめ、今日はこれを持ってきたんだけど」

「……あっ」

お菓子を見てひめが声を上げる。深紅の瞳《ひとみ》をキラキラと輝かせながら、顔を俺の手元にぐいっと近づけてきた。

「いつもいつも、ありがとうございます」

「どういたしまして。まぁ、俺が食べてほしいだけだから、気にしないで」

机の上にお菓子の箱を置く。

手のひらよりちょっと大きい程度の小箱。切り取り線を押してパカッとふたの部分を開く。

中からは一口サイズのチョコレートが顔を出した。

「これは……普通のチョコレートですか？」

「いや。中にマカダミアナッツが入っているからちょっと違うよ」

本日持ってきたのは、マカダミアナッツチョコレート。

ここ一週間はひめが持って帰りやすいよう、包装されていない裸のチョコレートは避けていたので、また直接食べもらえる日が来たらこれを選ぼうと決めていた。

「マカダミアナッツ……なるほど。あの外側の硬い殻をチョコレートで表現しているのでしょうか。面白《おもしろ》いですね」

まずは見た目から。美術品を眺めるかのように造形を楽しむひめ。

「陽平くんはこのお菓子も好きなのですか？」

「うん。定期的に食べたくなって買ってるよ」

「それはそれは……食べるのが楽しみです。陽平くんがそう言うのなら間違いなしですね」

俺の話を聞いてひめは声を弾ませた。

自分で言うのもなんだけど、ひめからの信頼が厚すぎる。それを嬉しく思いながら、食べてと促した。

「いいのですか？」

「うん、どうぞ」

「……それでは、いただきます」

食べる意欲こそ見せたものの。

しかしひめはなかなか手を伸ばそうとしない。ただ小さな口を開けただけである。

まるで、雛《ひな》が親鳥から餌《えさ》を待つように……って、そういえば。

(ひめ、俺に食べさせてもらおうとしてる?)

少し前。教室でこうやってお菓子を食べる時、ひめは必ず俺の手からお菓子を食べていた。

俺の指ごともぐもぐしていた。

「………?」

ひめは待っている。無言で、当然のように俺が食べさせてくれることを疑っていない。

もしかして、お菓子は俺から食べるものと学習しているのだろうか。

小さな舌と、まだ生え変わっていない乳歯と、少しとがっている八重歯を無防備に晒《さら》している。

……あんまり眺めるのも悪い気がしてきた。

もちろん食べさせてあげるのが嫌なわけじゃない。

こそばゆさこそあるけれど、ひめがもぐもぐしているところを見るのはむしろ楽しい。

一つ手に取って、ひめの口元に持っていく——その時だった。

「ひめちゃん、来たよ~。お姉ちゃんでーす」

教室の扉がガラガラ、と開く。

その音に驚いたのか。ひめがビクンと体を震わせて口を閉じた。

「わっ」

「あ、ごめんね～。びっくりさせちゃった？」

登場したのは、今日もゆるゆるな笑顔を浮かべている聖さん。ひめに向かって両手を合わせて謝っている。

「……お姉ちゃん、今日は早いですね」

「生徒会の仕事が早く終わったの。よーへーもやっほ～」

「うん。やっほー」

歩み寄ってきた聖さんが俺にも声をかけてくれた。

彼女とも毎日昼食を食べるようになったので、最近は打ち解けてきた気がする。今はだいぶ慣れた。

「珍しいです。生徒会はいつも忙しそうなのに」

「二週間後に期末テストがあるから、みんな勉強するんだって～」

「……なるほど。もうその時期ですか」

うちの学校では夏休み直前に期末テストがある。生徒会の人たちはやっぱり勉強熱心なのだろう。そこに向けて仕事をセーブしているのかもしれない。

「私も勉強しないとなぁ……」

「陽平くん、聞いてください。お姉ちゃん、去年のテストで全部赤点をとって夏休みはずっと補講と課題に苦しんでいました」

「あ！　ひめちゃんダメだよ。よーへーにバカって思われちゃうっ」

バカ、とまでは思ってないけど。

勉強が苦手なんだろうな、くらいの認識はあるので否定もできない。あえて何も言わずに曖昧に笑ってスルーした。

「べ、勉強なんて今はいいのっ」

「そうやって嫌なことを後回しにするからいつも直前になって困るのです」

「そんなこと言われても聞こえませーん」

開き直っているのか。あるいは拗《す》ねているのか。聖さんはひめの言葉を聞き流して、俺の方に視線を向けた。

「ねぇねぇ、それなぁに？　よーへー、すごく美味《おい》しそうなもの持ってるね～」

「これ？　ああ、これは――」

聖さんの登場でマカダミアナッツチョコレートを持っていることをすっかり忘れていた。

そして目ざとく見つけた聖さんの目がキラキラと輝いている。

「お菓子だよ。ひめに食べてもらいたくて」

「へー。そういえばひめちゃん、よーへーからお菓子をいっぱいもらってるんだっけ？　いつも夜ご飯の時に自慢されるんだよね～」

「じ、自慢はしてないです。報告です」

ひめが小声で反論しているものの、聖さんには聞こえていない様子。

彼女の目はもう、俺の指先しか見ていない。

「じゅるり」

「お姉ちゃん、よだれが出ています」

「た、たたた食べたいとか思ってないもん！」

聖さん、嘘をつくのがすごく下手だ。口元を拭《ぬぐ》いながらもその視線は俺の指先から離れない。

でも、これはひめに食べさせてあげようとしていたものだからなぁ。

と、俺が迷っているのをひめは察したのだろう。

「陽平くん、それはお姉ちゃんにあげてください。わたしはこっちをいただきますから」

彼女は手を伸ばして新しいチョコレートを自分で手に取った。

さっきは口を開けて食べさせてもらうまで待っていたのに。

（……聖さんの前だと恥ずかしいのかな？）

やっぱり肉親の前だと照れみたいなものがあるのかもしれない。

ここはひめの意思を尊重しよう。ちょっと残念ではあるけれど。

「聖さん、どうぞ」

「いいの？　わーい、ありがとー！」

チョコレートを受け取った聖さんは、見た目にそぐわない無邪気な笑顔で喜んだ。いつものゆるくてふわふわした笑顔よりあどけないリアクションである。

「いただきまーす。もぐもぐ……なにこれあまーい！」

勢いとテンポがいい。ひめみたいにじっくりと味わうことなく、食欲に従って口に放り込んだかと思ったら、即座に咀嚼《そしゃく》して飲み込んだ。

「……いただきます」

続いてひめも一口。半分かじって、それからくりくりのおめめを真ん丸にした。

「わぁ。ナッツの香りと食感が甘めのミルクチョコレートとマッチしていて、これはすごいです……クセになっちゃいそうですね」

さすがひめ。聖さんよりも上手に味の感想を教えてくれる。

良かった。星宮《ほしみや》姉妹に好評だ。

「じゅるり」

聖さんはまだ食べたりなさそうにこちらを見ている。まだ何個か残っているので、どうぞと差し出した。

「べ、べつに食べたいとは言ってないもん」

「いやいや。顔を見てたら分かるよ」

「お姉ちゃんは分かりやすい人ですから」

「……じゃ、じゃあ、もらうね？　ありがと～」

微かに残っていた意地すらも簡単に折れて、聖さんはもう一つ口に放り込む。チョコを含んだ瞬間、ぱーっと表情が溶けたようにゆるむ。

見た目も中身も正反対に近い二人だが、好みは似ているのだろう。あと、リアクションも姉妹でそっくりだ。

そうやって、お菓子を食べながら三人で軽く雑談を交わす。

ただ、待っていた聖さんがもう到着しているわけで、そんなに長い時間残る必要性はなかった。

放課後になってからだいたい一時間が経過しただろうか。

そのくらいのタイミングで解散となった。


「今日も生徒会のお仕事は早く終わるみたいです」

「じゃあ、帰宅は昨日くらいの時間になりそうだね」

「そうなると思います」

翌日の放課後。ひめからの報告で星宮姉妹の状況を把握する。

ひめの多忙な時期は終わったが、前みたいに放課後に二人きりで過ごすということはしばらくないだろう。

「……陽平くんとお話しできる時間が減って残念、と言ったらお姉ちゃんが拗ねちゃうかもしれませんね」

冗談めかした発言ではあるものの、昨日よりは明らかにテンションが低い。

聖さんが嫌いだという意図の発言じゃないことは分かっている。俺との時間を大切にしているという、ひめなりの意思表示なのだと感じた。

もちろん嬉しい。あと、寂《さび》しそうな顔をしてほしくないな、とも。

「そういえば、この前『一緒にコンビニに行こう』って誘ったの覚えてる？」

切り出したのは、ひめと会話をするようになって間もない時期に交わした約束について。

雑談の流れであまり詳細を話したわけじゃないのだが、いつか実現したらいいなぁとずっと頭の片隅にあった。

「――忘れることなんて、有り得ません」

どうやらひめも記憶してくれていたらしい。それくらい楽しみにしてくれて……いや、この子は一度見聞きしたことを忘れないのか。

いずれにしても、覚えてくれていたのなら良かった。

「今度時間があったら行かない？」

「いいんですか？　ぜひ、行きたいですっ」

改めて誘ったら、ひめは声を弾ませて頷いた。

分かりやすく喜んでいたので、誘った俺までなんだかほっぺたがゆるむ。

「放課後の時間はちょっと減っちゃうけど、その代わりに別の時間を作れたらいいね」

「……えへへ」

俺につられたのか、ひめも笑ってくれた。

良かった。さっきまで少し落ち込んでいるように見えたので、元気になってくれたのなら何よりだ。

「陽平くんはやっぱり素敵です」

「ひめがそう思ってくれるなら嬉しいよ」

「はい。ずっとずっと、そう思ってます」

裏のない純粋な褒め言葉をもらえてこっちまで気持ちが明るくなってくる。

素敵だなんてとんでもない。ひめだって素敵だよ、と返したら今度はひめが照れてふにゃふにゃになっちゃいそうだったので、自重しておこう。

言葉にせずとも、俺がひめをそう思っていることは伝わってくれていると思うし。

ともあれ、こうやって二人で過ごす時間は短いわけで。

今日は早速、カバンからお菓子を取り出してひめにあげようとした。

「ひめ、今日のお菓子なんだけど」

「お菓子は……お姉ちゃんが来てからでもいいですか？」

制止されて、カバンを探っていた手を止める。

「お姉ちゃん、お菓子をすごく気に入ったらしくて。昨日は家に帰ってもずっとその話ばかりしていましたので」

「聖さんの分はあるよ？　来た時に食べてもらおうかなって思ってたんだけど」

「たぶん一緒に食べ始めた方がお姉ちゃんも喜ぶと思います」

「そうかな？　ひめ、食べるペースが遅いから、先に食べててもいいんじゃない？　聖さんはあまり気にしないと思うけど」

「気にする性格ではないですからね……でも、大丈夫です。気を遣っているわけじゃなくて、わたしが一緒に食べたいだけです」

……さすがだなぁ。

俺が心配していることを彼女は察している。姉に対して遠慮するのはどうなのかと、余計なお世話を発動させていたのだ。

そんな俺を安心させるためだろう。

「えっと……たしかに、陽平くんと二人きりで食べたいという気持ちも、ないわけではないのですが」

恥ずかしそうにもじもじしながら、彼女は本音も教えてくれた。

「でも、今度一緒におでかけしようと言ってくれたので、それだけで満たされちゃいました。わたしはすっごく幸せなので、お姉ちゃんにもおすそ分けしたくて」

なんだこの子は。かわいいことを言ってくれる。

「それなら、いいんだけど」

「はい。陽平くんがわたしを思ってくれているだけで、胸がいっぱいです」

胸元《むなもと》に手を当てながらひめが微笑む。

子供らしいあどけなさと、それから少し大人びた表情に、つい見とれた。

改めて思った。

この子は俺のことを素敵だと言ってくれたけど。

俺以上に、ひめの方が素敵だなぁ、と。

そういうわけで、今日は聖さんが来てから一緒にお菓子を食べ始めた。

「あまーい。やばーい。おいし～っ」

よっぽど好みに合ったのだろうか。今日の聖さんはいつも以上に語彙《ごい》力を失っている。

ひめの言葉通り、聖さんは一緒にお菓子を食べられてすごく嬉しそうだった。

放課後になると、ひめとおでかけの予定について話をするようになった。

最初はコンビニにだけ行こうという話だったのだが。

「買い物はしたことがありません。外のお店に行ったことがないので、緊張しますね」

ひめのその発言を聞いて、少し考えなおした。

せっかくだし、コンビニだけじゃなくて他のお店にも連れて行ってあげたい。

「他に行きたいお店ですか？　そうですね……特に、思い当たる場所はないのですが」

ひめが指をあごに当てながら何やら考え込んでいる。

反応を見る限り、外の世界にさほど感心がなさそうに見える。

なるほど。この子の場合、世間に疎《うと》いというよりも、興味がないという方が適切かもしれない。頭のいい子なので少し調べたら色々と把握できるだろうし。

「それならコンビニだけでいいかな」

無理に行く場所を作る必要はないよと、伝えておく。

しかしひめは、俺をじーっと見つめて首を横に振った。

「……一つ思い浮かびました」

「え？　どこかあるの？」

「ゲームがしてみたいです」

びっくりした。ひめとは無縁のワードがいきなり飛び出てくる。

「別にいいけど……ひめ、ゲーム好きだっけ?」

「いえ。経験もないのですが。陽平くんの趣味だと聞いたので」

そういえば前に『家で何をしているのか』と聞かれた時に話した気もする。そうか、俺が原因でゲームというワードが出たのかと納得した。

「興味があります。陽平くんの好きなものに」

世間じゃなくて。俺に、か……。

(嬉しいなぁ)

一切《いっさい》の濁りがない純粋で透明な好意。

言い訳の余地もないまっすぐで素直な気持ちが、心を温かくする。

そんなことを言われては、ついつい張り切ってしまうわけで。

「分かった。じゃあ、今週の日曜日にでも駅の近くにあるショッピングモールとか行ってみない? ゲームセンターがあるし、スーパーもあるからお菓子も売ってる」

具体的な日時と場所を指定する。

曖昧だった約束が、一気に解像度の高い現実へと切り替わる。

「陽平くんとおでかけできるなんて、夢みたいなお話ですね。楽しみです……あ、でも陽平くんがいつも通っているコンビニには、行ってみたいです」

「お菓子はスーパーでも売ってるよ?」

「行く必要性がないことは分かっています。ただ、陽平くんがどんなところでお買い物しているのか、見てみたくて」

まぁ、誘われたから行ってみてもいいかな。

断りにくいし、仕方ないから行こうかな。

……なんて、受け身の理由なんかじゃない。こちらにグッと身を寄せているひめを見て、本心から喜んでくれていることがしっかりと伝わってくる。

そんな彼女にほっこりした。もちろん、断る理由なんかない。

「分かった。じゃあ、ショッピングモールの次に行こう。距離も近いし」

「……ぜひっ」

頷くと、ひめも真似するかのように大きな頷きを返してくれた。

今日は表情も終始明るい。こっちまでなんだか元気になるほどに。

「じゃあ、日曜日によろしく。集合と時間はどうする？」

「わたしはいつでもどこでも大丈夫です……いや、ちょっと待ってください」

ひめはハッとした表情で手をぽんと叩《たた》く。何かを思い出したみたいだ。

「お姉ちゃん。そう、お姉ちゃんです」

聖さんがどうしたのだろう？

「お姉ちゃんも一緒でいいでしょうか」

「もちろんいいけど……やっぱり不安だった？」

俺と二人きりが、というネガティブな意味合いではない。それを嫌がらないことなんて分かっている。ひめの好意がまっすぐすぎて卑屈になれるわけない。

ただ、姉も一緒にいた方がひめにとって安心なのかなと、そう思ったのだが。

「不安ではなくて、お姉ちゃんと陽平くんが仲良くなってほしいので」

どうやらあのことを思い出したようだった。

「二人に結婚してもらうためにも、こうやっておでかけするのはいいことだと思います」

ひめはなおも作戦を実行している。

俺と聖さんを結婚させるために、時折こうやって策を講じる。

「それを意識したらぎくしゃくしちゃうかもよ？」

「大丈夫です。夫婦になるのならこれくらい簡単に乗り越えられると思います」

俺としてはそこまで乗り気というわけじゃない。

聖さんもひめの意図を知っているとはいえ、やっぱり俺との距離感を考えて結婚に関する話は一切出さなくなった。

当人同士は今くらいの関係がちょうどいいのだが。

「お話しするたびに、優しくしてもらうたびに、わたしは強くこう思ってしまいます」

ただ、ひめの方が現状に少し不満らしい。

「陽平くんがお兄ちゃんになってくれたら、とても素敵だなぁ――と」

妹みたいにかわいい。その言葉をひめはずっと喜んでくれている。

擦《す》れていないまっすぐな好意。

大人びた少女ではあるけれど、ひめは感情面では幼さを見せることも多い。

ただ、子供らしい素直さを持っているからこそ……男女の微妙な距離感については、まだまだ疎いのかもしれない。

「もちろん、ゆっくりでいいと思います。すぐ恋人になってほしいと思っているわけではないので、気にしないでください。ただ、わたしが勝手にサポートしているだけなのでっ」

珍しくやる気満々というか、気合が入っているひめ。

やや空回りしている気もするが、そういう一面も愛らしく思ってしまう自分がいる。

(だから聖さんも否定できないんだろうなぁ)

あの人は俺のことを好意的に思ってくれていると思う。

ただ、それは異性としてではなく、人間としてだということもちゃんと理解している。

たぶん、お互いに……恋愛感情がないことも。

しかしひめはそれをあまり分かっていない。八歳の子供に恋愛のことをうまく説明するのは難しいだろう。だから聖さんは曖昧にしているのだと思う。

俺にも結婚を無理強いしてるわけじゃないので、変に強く否定する必要もないか。

そう思って、軽く笑うだけに留めておく。

「やっほ！　お姉ちゃんの登場でーす。待たせたな～」

タイミングよく聖さんも来てくれたので、日曜日の予定について話し合うことにした。

「おでかけ？　行きたい行きたい！　てか絶対に行くっ。私だけ仲間外れになんかさせない。ひめちゃんをよーへーに渡さないもーん」

聖さんも二つ返事だ。それはいいんだけど、なぜか俺に対抗心をむき出しにしている。ひめを確保するかのようにひしっと抱きしめている。

別に取ろうとなんてしてないけど……ひめ、急に抱きしめられて苦しそうだなぁ。

「そうだ。今日もお菓子を持ってきてたんだ」

聖さんに圧迫されているひめを助けるために、カバンからお菓子を取り出す。

今日持ってきたのはシットリした生地とチョコチップが美味しい、カントリーでマァムなクッキーである。

「わーい、待ってました～」

俺の思惑通りに聖さんはひめを離してお菓子に飛びついてくる。良かった。聖さんがチョロくて。

「ふぅ……陽平くん、ありがとうございます」

「いえいえ。ひめもどうぞ」

色んな意味の込められた感謝の言葉をひめから受け取り、そのお返しにクッキーを一枚手渡す。次に聖さんにも手渡すと、彼女は大きな口を開けて丸々頰張《ほおば》った。

「ほいひぃ！」

「お姉ちゃん。はしたないです」

「ひへはんほはへへ！」

「何を言っているのか分かりませんが……いただきます」

むしろ気持ち良いと思わせるほどの食べっぷりを見せる聖さんに対して、ひめはちびっと一口だけ上品にかじった。

まるで「わたしはお姉ちゃんと違いますので」と言わんばかりだが。

「……クッキーの概念が壊れました。しっとりしていて、口の中で生地がほろほろと崩れます。アクセントのチョコチップがまた憎いです」

饒舌《じょうぜつ》に味の感想を語った後、二口目は聖さんと同じように丸々食べているので一緒だった。

今日もお口に合ったようで何よりだ。

「美味しいね〜。頭を使った後は甘いお菓子がもっと美味しく感じちゃうなぁ」

「お姉ちゃん、頭を使うことなんてあるのですか」

「あるもんっ。お姉ちゃんだって授業中に脳みそぐるぐるするんです～」

「そうなのですか。てっきり、食欲と睡眠欲だけで生きていると思ってました」

「ひどーい。ひめちゃんって私のことをおバカだと思ってるでしょ。も～っ」

「はい。何も考えていないところが大好きです」

「大好き？ ふーん。そっか～。大好きならしょうがないなぁ」

ゆるいなぁ。星宮姉妹の会話は聞いているだけで力が抜けるような魔力を秘めている。

姉を信頼してちょっと容赦のなくなるひめも、妹がかわいくて仕方ないと溺愛《できあい》している聖さんも、二人とも見ていてすごく微笑ましい。

さて、お菓子を堪能しているところ申し訳ないんだけど。

「日曜日、ショッピングモールに行こうかなと思ってるんだけど……聖さんは大丈夫？」

おでかけの詳細を今のうちに決定しておきたい。

何せ今日は金曜日。土曜日は会えないので、話し合えるのは今しかない。

「ショッピングモールってエオンだよね？ 全然いいよ～。ちなみにどのお店に寄るとか決めてるの？」

「今のところ、ゲームセンターとスーパーのお菓子コーナーくらいかな？ 聖さんも行きたい場所とかあれば」

「うーん……前にお友達と行ったことあるし、私は特にないかなぁ」

聖さんはひめよりもまだ世間のことを把握しているらしい。交友関係も広そうだし、外に遊びに行く機会くらいあるか。

「あそこ広いよね？　歩くの疲れるし、あんまりたくさんの場所は行きたくないでーす」

訂正。この人はめんどくさがりなので世間のこともたぶん分かっていない気がする。行ったことあるだけ、と表現していいのかもしれない。

もちろん行く場所は限定するつもりではある。だから聖さんの行きたい場所を聞いて、ぶらぶらと無駄に歩かないようにしたいと思っていた。

「ひめの体力もあるし、そこまで長居はしないから安心して」

八歳の少女と一緒にでかけるのだ。体力だってちゃんと考えてあげたい。

ひめにとっては初めてのおでかけでもあるわけで、そのあたりは配慮している。

「……陽平くんは優しいです」

ひめも俺の思惑に気付いたみたいだ。照れているのか口元をクッキーで隠しているが、サイズが小さいのでニヤけているのがバレバレだ。かわいいなぁ。

「お姉ちゃんは？　ひめちゃん、お姉ちゃんはどう？　優しいって言ってもいいよ？」

俺が褒められたのが羨ましかったのか、再び聖さんが対抗してくる。ただ、今回に限っては分が悪い気がする。

「お姉ちゃんは……自分がめんどくさいと言うことであえてわたしを休ませる、という意図があったのであれば感謝します」

「……モチロンソーダヨー」

「嘘だと言うのも分かっています。お姉ちゃんはただ単純に出不精なだけです」

「デブ？　今、デブって言った⁉　デブじゃないもんっ」

「そんな酷い言葉は使いません。『出不精』という言葉です。おでかけが面倒でずっと家にいる人のことを意味しています。つまりお姉ちゃんです」

「……てへっ」

「それにお姉ちゃんは太っていませんよ。今のままで十分です」

「ひめちゃん……好き！」

再び妹を抱きしめて感涙している聖さん。

この二人の会話は永遠に見ていられるので、口をはさむべきか迷ってしまう。

と、俺が困っているのをあの子はちゃんと察してくれていた。

「話の腰を折ってしまいましたね。陽平くん、続きをどうぞ」

ひめが話を戻してくれたので、ありがたくそうさせてもらうことに。

「時間はどうしようか」

「朝はムリでーす。お休みの日はお昼まで眠るのが幸せだよね～」

「怠惰なお姉ちゃんでごめんなさい。午後くらいにしてもらえると助かります」

「じゃあ十四時くらいで」

まずは集合時間から。そんなに早く出発する意味もないと思っていたので、ゆっくりできる時間帯でいいと思う。

「そういえば、二人の家から遠かったりする？」

ひめが俺の通っているコンビニに行きたい、ということだったので意図せずともこちらの家から近い場所を指定してしまっていた。

「別の場所がいいかな」

二人の移動時間が気になって、そう聞いてみたのだが。

「車で三十分くらいでしょうか。お手伝いさんに送迎をお願いするので気にしなくて大丈夫です。うちは郊外にあるので、近くに大きなお店もないですし」

「よーへーのお家《うち》ってこのあたりでしょ？　だったら近いしエオンで大丈夫だよ～」

車で来るのなら良かった。俺は徒歩での移動なので気を遣ってもらえるのはありがたい。

「じゃあ、待ち合わせ場所は……お店の入口にしようか」

「分かりました。十四時に入口で待ち合わせ……でも、すれ違いなどになったら怖いですね。何かあった時に連絡が取れたらいいのですが」

「たしかに。でも、ひめはスマホを持ってないって言ってなかった？」

電子機器はあまり好きじゃない、という話をしていたはず。この子がスマホを操作しているところは今まで一度も見たことがない。

「家にはあります。好きじゃないだけで操作もできますよ。ただ、今は持っていないので……お姉ちゃん、陽平くんと連絡先を交換してもらっていいでしょうか」

……なるほど。そういうことか。

俺と聖さんを仲良くするために、ひめが誘導しているように感じる。

表情の変化が大きい子ではないけれど、最近は心情までなんとなく読み取れるようになってきた。

とはいえ、ひめの言うことは至極真っ当でもある。

何かあった時に連絡は取りたいので、ここは彼女の思惑に従っておこう。

「あれ？　私、よーへーの連絡先知ってるよ？」

「いや。交換した記憶はないけど」

「え～？　そんなはずは……ほんとだー！　よーへー、なんで教えてくれないの？　も～っ。ほら、スマホ貸して？」

聖さんも嫌がってはいないのでちょっと安心した。連絡先を交換するタイミングとしては、もしかしたらいい時期だったのかもしれない。

まぁ、聖さんはすっかり連絡先を交換したつもりだったらしいけど。

（……そういえば、女子と連絡先を交換するのは初めてだ）

まさかその初めての相手が、あの学園で一番の美少女と名高い聖さんだなんて。

世の中、何が起こるか分からない。

「……お姉ちゃん、後でわたしのスマホにも陽平くんの連絡先を送ってください」

「ふふっ。ひめちゃんったら、そんなによーへーの連絡先をゲットしたかったの？　私を言い訳にしないで自分で聞けばいいのに～」

「そ、そういうわけじゃないです。別に、その……少しラッキーかなとは、思いましたが」

そういう会話は本人が聞こえないところでやってほしい。

こそばゆい。油断したらニヤついてしまいそうではあった。

連絡先の交換は、俺と聖さんをくっつけるためだけじゃなくて、ひめの意図も混じっていたらしい。

（照れるなぁ……）

二番目に連絡先を交換する女の子はひめになりそうだ。

本当にこの子は愛らしい。おでかけして初めての経験をした彼女は、もっと多彩な表情を見せてくれるかもしれない。

そう考えると、なおさら当日が楽しみだった――。

第四話　お菓子みたいに

日曜日になった。

週末の休みということで昨夜は夜遅くまで起きていた。ゲームに熱を入れすぎたかもしれない。そのせいで起床は朝の十一時……いや、もうお昼か。

二階の自室から一階のリビングに降りると、食卓の上に書き置きとラップのかけられたチャーハンがあった。

『お父さんとお母さんは日向《ひなた》の家に行ってきます』

そういえば昨夜にそんな話をされた気もする。

日向とは姉の名前だ。年齢は十歳差の二十七。数年前に結婚して実家を出ている。

たぶん両親の帰宅は夜になるだろう。孫娘と遊びに行くとか言っていたことを思い出す。

夜まで一人。普段なら喜ぶところだけど、今日は俺《おれ》も出かけるので意味はない。とりあえずチャーハンを食べてから身支度を進めることに。

シャワーを浴びてまずは少しでも清潔感を上げておく。服装もなるべく落ち着いて見えるものを選んだ。顔が良いわけではないので何を着ても大差はないが、こういうのは意識が大切だと思って鏡の前に立ってみる。

　灰色のワイシャツと紺色のスラックス。インナーは黒のシャツ。なんだこのシンプル人間は。可もなく不可もない容姿につい苦笑した。

　普通だなぁ。しかし平凡な自分を実は結構気に入っている。なのでファッションもシンプルなものが好きだったりする。

　変に背伸びしたり気合を入れるよりも、この方が俺らしいかな。容姿に関してはこれ以上の抵抗をやめてスマホを見た。

　現在、時刻は十三時。目的地のエオンまでは徒歩で十五分くらいなので、三十分後くらいに出発すればいいだろう——と予定を立てていたら、画面の上部にメッセージが現れた。

『こんにちは。星宮《ほしみや》ひめです。今から出発します。今日はよろしくお願いします』

　あ、ひめだ。

　昨日の夜に友達申請が来たので承認した。その時も軽くあいさつを交わしたのだが、ひめのメッセージは絵文字やスタンプなどなくこんな感じでシンプルである。

　良い意味で言うと落ち着いている。悪い意味で言うと素っ気ない。とはいえシンプルが好きな人間なので、ひめの文章も気に入っている。

　端的で分かりやすい言葉は、あの子らしくて微笑《ほほえ》ましい。

『俺もそろそろ出るよ。今日はよろしくね』

メッセージを返信。数秒後には既読がついて、返ってきたのは『よろしくお願いします』というシンプルな一文だった。それを確認してメッセージアプリをオフにする。

『よろ〜』

再び通知。アプリがオフを嫌がって、今度は聖《ひじり》さんの名前が出てきた。

しかし文章はない。どこで手に入れたのかも不明な謎《なぞ》の棒人間が『よろ〜』と言っているスタンプだけが送られてくる。文章を打つのもめんどくさいんだろうなぁ。

とりあえず俺も同じように『よろしく』と書かれている適当なスタンプを送っておいた。

星宮姉妹はどうやら準備が完了しているらしい。二人からのメッセージを受けて、俺も自分の部屋を後にする。

少し早いけど向かっておこうかな。二人を待たせるのも悪いし、今出発したのなら先に到着しても長く待つことはないだろう。

「……あっつい」

外に出ると、雨を忘れた空模様に顔をしかめた。暑いのはやっぱり苦手だ。

梅雨前線はまだ残っているらしいので、時期的にはまだ梅雨である。最近は夜に天気が崩れることが多いせいか、雨の印象がかなり弱いけど。

天気予報でも昼間は晴れとなる見込みらしい。なので傘は持たずに家を出た。

雨が降らないのはありがたいけど、少し曇ってほしいと贅沢《ぜいたく》なことを思いながら。

炎天下の道を、ゆっくり歩く。

徒歩で十五分くらい。

それくらいでショッピングモール『エオン』に到着。この付近では一番大きな商業施設。敷地の端から端まで歩いたらかなり疲れる。それくらい広い。

「ふぅ」

入口に設置されている自動販売機で缶ジュースを購入。暑さに負けじと歩いてのどが渇いていたので、がんばったご褒美にサイダーをあおる。よく冷えていて刺激的な炭酸はのど越しがたまらない。

一気に飲んで空き缶をゴミ箱に捨てる。ちなみに星宮姉妹はまだ来ていない。先程到着の連絡を入れた際に、もうすぐあちらも来ると返信があった。

（ちょっと緊張するかも）

同性の友達なら気軽にできるけど、異性の友達との待ち合わせなんて生まれて初めてだ。やっぱりもう少しオシャレするべきだっただろうかと不安になりながら、二人の姿を探して周囲に目を光らせる。

休日だからか今日は人が多い。見つけられない可能性があると思いかけて、それはないとすぐに首を横に振る。

だってもう見えた。まだ距離があるにもかかわらず、白銀に輝く髪の毛がよく目立っている。身長は小さいけれど、あの少女を見逃すなんて有り得ない。

「……かわいい」

近づいてくるにつれ、二人の姿が鮮明になってくる。

星宮姉妹は似たようなファッションをしていた。意図的に揃《そろ》えているのだろうか。二人とも真っ白なワンピースを着用していて、それがよく似合っている。

つい見とれた。特にひめが、まるで妖精《ようせい》みたいに可憐《かれん》で目が離せない。

白銀の髪の毛と純白の肌は真っ白いワンピースと相性がいいのだろう。ひめの清楚《せいそ》な愛らしさがいつも以上に醸し出ている。

首からはストラップについたスマホを下げていた。それすらも今日はかわいく見えてくる。

聖さんも、ゆるくてふわふわした印象のある人だから、ゆったりとしたワンピースがまた雰囲気と合致していていい感じだ。ウェーブのかかった髪の毛と、茶色のショルダーポーチだけが唯一の色味となっている。それ以外は真っ白だ。

「お姉ちゃん、そこです。陽平《ようへい》くんがいます」

「え？　どこ？　うーん……あ、そこか。よーへーだ！　おーい」

数メートルまで近づいて、二人の方も俺に気付いたようだ。いや、正確に言うならひめが俺を見つけただけで、聖さんは視認できていなかったと思う。

「おーい」

とりあえず聖さんが手を振ったので振り返しておく。人混みに紛れているわけでもないので大げさだと思うけど。

「陽平くん、こんにちは。待たせてしまったでしょうか」

「ううん。ちょっとくらいしか待ってないよ」

「てか、まだ十三時半だよ？　みんな早いね～」

そうなんだよなぁ。

十四時に待ち合わせのはずだったのに三十分も早く集合していた。

「ひめちゃん、やっぱり出るのが早かったんじゃない？　お姉ちゃん、もう少しゆっくりお昼ごはん食べたかったのに～」

「お姉ちゃんはのんびりしすぎです。起きるのもギリギリでしたし、あのペースだと遅刻したと思います」

「ふふっ。とか言って、そわそわして待てなかっただけのくせに」

「……それは、その、その通りですけど」

ひめ、よっぽど楽しみにしてくれていたのかな。

純粋な気持ちにこっちまで口角が上がった。ファッションも相まっていつもより更にかわいく感じてしまう。

「で、よーへー？　そろそろ感想を言ってもいいんだよ～？」

「感想とは」

「またまた～。ひめちゃんと私のお洋服の感想に決まってるでしょ？」

……こういうのって言った方がいいのか。

聖さんがあまりにも当然のように感想を求めているということは、黙していることが不正解なのだろう。

「かわいくて見とれた」

「……わぁ」

「……えへへ」

「あの、なんで照れてるの？」

聞かれたから答えただけなのに。なんか恥ずかしい。

「いや、ちょっとびっくりしただけ。お揃いのコーデだね、とか。姉妹そろって仲良しだね、とか。そういう感想が来ると思ってたなぁ。よーへーもなかなかやるね～」

「……えへへ」

そういうことか。女性慣れしていないから加減が分からなかった。

最初はもう少し当たり障りのない感想からで良かったんだ。

「陽平くんに褒められちゃいました」

そしてひめはさっきからずっとニヤけっぱなしである。

まぁ、こんなに喜んでくれるのなら言って良かったのかもしれない。そう思わせてくれるひめに感謝だ。

「ふふっ。かわいいのは当然だよ〜。だって私が選んだもん。今時、純白のワンピースってあざとくて逆に着ないでしょ？　でもひめちゃんによく似合うし、ついでに姉妹でお揃いにしたらかわいさが二倍。いや、これはもう二乗ってやつかな？」

「お姉ちゃん、一を二乗しても一です。その計算は当たっているのでしょうか」

「わ、わたしとひめちゃんは一なんかじゃないもんっ！　二人揃えば無限だからねっ」

「無限は二倍しても二乗しても無限です。数値上の変化はありませんが」

「聞こえなーい。知らなーい。数学なんてどーでもいーの！」

聖さんのゆるふわ数学の時間は一瞬で終了。

「よーへーはあれだね〜。うん、すっごくシンプル！」

話題を変えるためなのか、俺に意識を向けた聖さん。

さっき感想を伝えたお返しなのかな？

聖さんから何か言おうとして俺の全身をジックリ眺めている。

「……ここまで特徴がないと逆にオシャレに見えてきたかも」

「いや、オシャレじゃなくて変じゃない洋服を選んだだけだよ」

良い方向に勘違いしないでほしい。過大評価だから。

「自分を良く見せたいという欲求はないの？　不思議な人間だね～」

「普通なのか不思議なのか」

相反する特徴な気もするけど、おかしなファッションではないのならそれでいいや。

「ほら、ひめちゃんも感想とかあったら言ってあげたら？」

「──素敵です」

「なんと」

聖さんを悩ませた俺のスタイルに、しかしひめは満足してくれているみたいだ。

「制服姿よりお兄さんに見えます。素朴で飾らない陽平くんらしさがすごく似合っています。わたしはすごく大好きです」

まさかの高評価。そんなに褒められると照れくさい。

「ありがとう。ひめがそう言ってくれて嬉《うれ》しい」

「……褒めてくれたので、お返しです。あ、もちろん本心です」

念を押さなくても分かっているよ。

ひめの素直な気持ちを疑うほどひねくれてはいない。

「やっぱりそうだよね？　ひめちゃんもそう言うのなら、これはもうオシャレなんだと思うの。

よーへー、どう？」

「どうと言われても」

　確実にオシャレではないので、違うよと言うほかなかった。


　聖さんに変な疑惑をかけられているのはさておき。

「外は暑いし、中に入ろうか」

　立ち話もそこそこに店内へ入るよう促す。

「おっけ～」

「分かりました」

　二人も頷《うなず》いてくれたので、俺が先導するように歩き出した。

　自動ドアをくぐる。室内から外へと吹き抜けていく冷気が汗ばんだ肌を撫《な》でて気持ち良い。

　数歩進むと、ジメジメした空気が一転してひんやりと心地良くなった。

　ショッピングモール『エオン』に入店だ。

「……広くて、大きくて、たくさんです」

　ひめにとっては初めての場所。どんな反応をしているのかと見てみたら、彼女は入口から店内を眺めてポカンとしていた。

この店舗は吹き抜けになっていて、上のフロアが下から見える構造になっている。一階から五階まですべてにお店があって、しかも人が途切れることなく往来している光景は、初めてだとびっくりするだろう。

それから少しだけ、ひめが不安そうにも見える。聖さんの方にグッと身を寄せている……人が多いのが怖いのだろうか。

だとしたら、誘うべきではなかったのか。

一瞬、そう思いかけて。

「ひめちゃん、大丈夫だよ〜。ほら、ちゃんと手を握っててね？　じゃないとお姉ちゃんが迷子になっちゃうから、しっかりするんだよ？」

聖さんのゆるくてふわふわした声が、不安感を一気に吹き飛ばした。

この人は変わらない。どこにいようと、何をしていようと、いつも通りおっとりしている。不思議な安心感のある人だ。

「……はい。お姉ちゃんが迷子にならないように、気を付けますね」

ひめの暗い顔も一瞬のこと。

聖さんと手を繋《つな》いだ瞬間に、彼女は安堵《あんど》したかのように小さく笑った。

(さすが『お姉ちゃん』だ)

妹のひめを不安にさせたくない。そう言っていた聖さんを思い出す。

彼女はそのことを当たり前のようにやっているけれど……ひめにとって、聖さんの存在がどれほど大きいのか、本人はきっと分かっていないだろう。

(これなら、大丈夫かな)

彼女のおかげで今日という一日を、楽しく過ごせそうだ。

聖さんがいてくれて本当に良かった。


まず向かった先はゲームコーナー。

商業施設内に併設されているにしては結構大き目の場所で、クレーンゲームやプリクラをはじめ、レースゲーム、コインゲーム、音ゲー、シューティングゲーム、格闘ゲーム、スポーツゲームなど色んな筐体《きょうたい》が置かれている。

ここなら、ひめの『ゲームがしたい』という要望を叶《かな》えられるだろう。

「ひめちゃん見て！　お菓子！　お菓子がいっぱいあるよっ」

「はい。ありますね」

「あっちにはぬいぐるみがある！　かわいい～！」

「はい。かわいいですね」

「こ、こっちにはなんとテレビ⁉　最近のゲームって景品がすごいね、ひめちゃん！」

「はい。すごいですね……お姉ちゃんの勢いも」

まるで元気のいい犬に振り回される飼い主のごとく。

聖さんと手を繋いでいたひめは、クレーンゲームのコーナーで引きずりまわされていた。

ひめに体験させてあげようと思って来たのに、聖さんがものすごく食いついている。

「よーへー、これやろう！　全部もらっていいんでしょっ？」

「いや、これは……まぁ、やってみたら分かるか」

聖さん、もしかしてゲームセンターは初めてなのかな？　クレーンゲームの仕様もあまり分かっていないようなので、試しにやってもらうことに。

「ボタンでアームの方向を調節できるから」

「ふむふむ。つまり、タイミングが良ければゲットできるってこと？」

「……まぁ、そうなんだけどね」

とりあえずコインを投入したらスタートすると教えてあげたら、すかさず聖さんがプレイを始める。ガラスに顔を押し付けてアームに意識を集中させていた。

狙《ねら》っているのは、美味《おい》しそうな棒がたくさん入っている袋。上部にリングがついているので、そこにアームの爪《つめ》を引っかければうまくいきそうだ。

と、素人目には見えるのだが。

「ここを、こう……こう……あれ～？」

アームの爪がスカッと外れる。

リングに触れても持ち上げることはできなかった。

「おかしいなぁ。もう一回！」

聖さんの再挑戦。しかし健闘虚《むな》しく先程と同じ結果に。

「引っかけて持ち上げるのは難しいかもしれませんね。つかむ力が弱いので」

ひめは二度見たところでクレーンゲームのシステムを把握したようだ。

「恐らく、少しずつ位置をズラして落とす仕様なのだと思います。傾斜を利用して滑り落とすなどするといいかもしれませんね」

「なるほど、分かんない！」

論より実践。頭なんて使うつもりもなければ使いたくもないと言わんばかりに、聖さんがコインを更に投入。

「絶対に取ってやるんだからねっ」

意外と負けず嫌いなのかな。諦《あきら》めるつもりはなさそうだ。

「陽平くん、こうなったお姉ちゃんは誰《だれ》にも止められません。放っておきましょう」

「……あのアーム、たぶん弱いから別の筐体がいいと思う」

「やっぱりそうでしたか。引っかける部分の形状や動作が機体によって変わるのであれば、取りやすそうなものを選んでプレイした方が損をしないということですね」

　さすがひめ。理解が早い。

「他の筐体を見てもいいでしょうか」

「それはいいんだけど、聖さんはどうする？」

「お姉ちゃんは気にしないでください。しばらくあそこから動かないと思うので」

　と、いうことでムキになっている聖さんを残して歩き出す。

　ひめは物珍しそうな目で他の筐体を眺めながら歩いてじっくり見定めている。そのたびにふわふわとワンピースの裾が揺れていてかわいい。

　……いけない。ひめの私服姿がもしかしたら結構刺さっているのかもしれない。いつもよりジロジロ見てしまっている自分に気付いて、急に恥ずかしくなった。自重しないと。

「これは……いえ、難しそうですね」

　少し歩いて、急にひめが足を止めた。

　彼女の視線の先にあったのは、大きなクマのぬいぐるみが景品のクレーンゲーム。

「サイズ的に取るのは厳しいと思います」

　と、言いながらもひめの足は動こうとしない。ジッとぬいぐるみを見つめている。

　獲得が難しいことを理解している上で、それでも視線が釘付《くぎづ》けということは……もしかして、一目惚《ぼ》れしたのかな。

無表情だけど素直で分かりやすい。

「挑戦してみたら？　意外とうまくいきそうな気もするけど」

筐体の中でコテンと横になっているクマのぬいぐるみは、頭や腕、足など引っかかる部分が多いように見える。

そう助言して背中を押してあげると、ひめは数秒ほど考え込んでから小さく頷いた。

「そうですね……陽平くんがそう言ってくれるなら、チャレンジしてみます」

「うん。がんばれ～」

さて、ひめがクレーンゲームに挑戦することになったわけだが。

「あ……そういえばお金はお姉ちゃんが全部持っていました。後でやります」

財布を聖さんが持っていることを思い出したようだ。

「後で、か」

あの様子だと、聖さんの熱が下がるまで結構時間がかかる気もする。

お金だけ受け取れば……いや、でもまぁいいか。

「俺が出すよ。ひめのプレイ、見てみたいし」

この子がゲームを体験したい理由は、俺の趣味が気になっているから。

そんな嬉しいことを言ってくれたのだ。少しくらいお金を出してもいいと思ってしまう。

「でも……さすがに申し訳ないです」

ただ、ひめならもちろん遠慮するか。

金銭のやり取りとなれば、なおさら慎重になるのも当然に思える。

無理強いするようなことでもない。大人しく引く……を選ぶのは簡単なので、少し方便を変えてみよう。

「じゃあ、景品は俺がもらうからひめが取ってくれない？」

奢《おご》るのではなく、単純にプレイを見せてほしい。

そうお願いしてみると、ひめは俺を見上げて少し笑った。

「陽平くんは意外と策士です」

「そんなことないと思うけど」

軽く笑い返したら、ひめは肩をすくめて小さな手をボタンの上に置いた。

「そういうことなら、プレイしてもいいですか？　陽平くんのためにがんばります」

ひめ、楽しそうだ。俺の意図も把握した上で乗せられてくれているのかもしれない。

申し訳なさそうな表情よりも、こうやって明るい表情を浮かべている方が俺も嬉しい。

「では、よろしくお願いします」

準備ができたみたいなので、コインを投入。

「……んっ。意外と自由に動かせないものですね」

ボタンの操作には微《かす》かな遅延があるわけで。

最初のプレイは思ったようにアームを動かせずに失敗した。すかさず二枚目のコインを投入して、ひめのプレイを促す。

「これなら……むぅ」

二度目はクマのぬいぐるみに触れることができた。足にうまく引っかかったのだが、頭側の重量が重いせいか角度が変わるだけで動かすことはできなかった。

「頭に重心があるので、そちらを狙った方がいいですね」

さすがひめ。冷静に分析している。

三度目は狙う位置を変えた。頭付近にアームを下ろすと、うまく引っかかって位置が大きくズれる。それを見てひめは大きく頷いた。

「いい感じです」

この調子で数度、同じようにぬいぐるみをズラして移動させた。取り出し口の縁に頭が載ったのは、合計で九回目のプレイが終わったタイミングだった。

「次こそは、きっと」

「ひめ、いけるよっ」

見ているこっちも応援に熱が入ってきた。

十枚目のコインを投入する頃には、無意識に声をかけていたくらいである。

「………」

今度は無言で。

意識を集中させてひめがボタンに手を置く。

力が入っているのか両手でギュッと押している姿は、見ていてすごく応援したくなる。

がんばれ。心の中で再びのエール。気分は半ばお遊戯会を見守るお父さんだ。

「……んっ」

まずは横方向。次に縦方向。一旦《いったん》ボタンから手を離す。筐体の側面に移動。目標のぬいぐるみとの距離を確認。戻ってきて微調整を施し、最後にアームの下降ボタンを押す。

あとは運を天に任せるのみ。

「いけっ」

アームがゆっくりと動き、ぬいぐるみの足元に触れる。しかし、少し手前側に位置がズレているかもしれない。爪先こそ足の方に触れているものの、引っかけることは難しそうだ。

失敗か。そう思った刹那《せつな》。

「――これなら」

俺の浅はかな先見を、彼女の確信に満ちた声が砕く。

失敗じゃない。全《すべ》て、ひめの計算通りだったようで。

「おおっ」

目を見張った。

アームの爪が足元に触れると、クマのぬいぐるみがバランスを崩して転がった。縁を側転するようにクルンと飛び越えて、取り出し口に飛び込んできたのである。

見事に成功だ。

「おー！」

「やりましたっ」

俺に続いて、珍しくひめが大きな声をあげる。

ぬいぐるみを取り出した彼女は、目をキラキラと輝かせてそれをじっと見つめていた。

「陽平くん、取れました」

「初めてのクレーンゲームなのにすごいっ。なんか感動しちゃった」

「大げさですよ……えへへ」

ひめも相当嬉しかったのだろう。

大きなサイズのぬいぐるみを胸元《むなもと》でギュッと抱きしめて喜びを噛《か》みしめている。

ただ、すぐに何かを思い出したかのようにハッとした表情でぬいぐるみを体から引き剝《は》がしたひめは、そのまま俺に差し出してきた。

「勝手に抱きしめてごめんなさい。そういえば陽平くんのものでした。どうぞ」

全然いいのに。と、否定して慰めるのも悪くはない。

ただ、それ以上の選択肢を俺は思いついている。

「取ってくれてありがとう」

一旦ひめから受け取る。

そして今度は、俺が彼女に差し出した。

「はい、これ。プレゼントで受け取ってくれる?」

「……策士です」

当初から俺がずっとこうすることを目論《もくろ》んでいたのだと、ひめも気付いたようだ。

少し呆《あき》れたように。それでいて、どこか楽しそうな表情で、

「ありがとう、ございます」

彼女は俺からぬいぐるみを受け取ってくれた。

「陽平くんはどうしてそんなに素敵なのでしょうか」

「ひめにだけかっこつけてるだけかもしれないよ?」

「やめてください。そんなこと言われちゃったら、余計にニヤニヤしちゃいますから」

再び、ひめがクマのぬいぐるみをギュッと抱きしめる。

もしかしたら遠慮するかもしれないと思っていたけど……今度はその心配はなさそうだ。

「大切にします」

「気持ちは嬉しいけど、気軽に扱ってくれても大丈夫だよ。なくしたらまた、一緒に取りにくる口実ができるし」

「またおでかけできるのは魅力的ですけど……いえ、なくすなんてありえないです」

雑になんて絶対に扱わない。

そう言わんばかりに、大切そうにぬいぐるみを抱きしめるひめ。

「これを見るたびに、わたしはきっと今日のことを思い出して、幸せな気持ちになれます。こんなに貴重なものをなくしたりしません」

そう言って微笑むひめを見て、不意に気持ちが軽くなった。

ショッピングセンターに連れてきた当初、少し怯《おび》えた表情を浮かべていた。そのことを実は結構引きずっていた。

聖さんのおかげでひめの恐怖心はなくなったけれど、二人きりだったらどうしていたんだ……と、強く反省していたのである。

だから、ひめが心から喜んでいる姿を見られて安堵したのだ。

良かった。笑ってくれて。


「クソゲー。よーへー、こういうのクソゲーっていうんだよね？　なんで？　ねぇ、なんであんなに難しいの？　おかしいよ。悔しい。悔しい悔しい悔しい～！」

クレーンゲーム。聖さんは大惨敗したらしく悔し涙を浮かべていた。

いくら使ったのだろう……ゲーセンの店員さんもみかねてサポートしようとしてくれているけど、あまりにも聖さんの剣幕がすごくて口出しできなかったらしい。さっきからずっと近くでおろおろしていた。

「大丈夫です。うちの姉が迷惑をかけてごめんなさい」

困っている店員さんにひめが申し訳なさそうに対応していた。

その間もクマのぬいぐるみをギュッと抱きしめたままだ。先程持ってあげようかと聞いてみても断られたし、かなり気に入ってくれているみたいで何よりである。

「お姉ちゃん、行きましょう。これ以上は見ていられません」

そんなひめが聖さんの腕を引っ張って少し移動。クレーンゲームのコーナーから離脱する。

「私はやっぱり何もできないいんだね……勉強もできなくせに、ゲームもできないなんて、じゃあいったい何ができるんだろう……ぐすっ」

「お姉ちゃんは運動ならできるじゃないですか」

「……そうだ！　私には運動があった！」

「まぁ、毎日ぐーたらしてるので宝の持ち腐れですが」

「ひどーい！　慰めるならもっとちゃんとしてっ。お姉ちゃんを甘やかしてよ～」

傷心中の聖さん。クレーンゲームとの相性は悪かったのだろう。

それなら違うゲームはどうだろう。

ひとまずストレス発散を試みて、パンチングマシーンとか。

他にもダンスするゲームとか、爽快《そうかい》な気分になりたいならレースゲームもいい。聖さんに向いている種類もたくさんあるので、色々とオススメしてみた。

「いいですね。ぜひやってみたいです」

「取り返す……もう忘れて、悔しかった分たくさん楽しんでやるー！」

と、いうことでだいたい一時間くらいだろうか。

しばらくゲームセンターで遊んだ。

一応、ひめに軽く経験してもらいたくて来ただけなのだが……結果的に聖さんの方が十倍くらい楽しんでいた気がする。

やりたいものを一通りやった後。

「ふぅ～。スッキリしたぁ」

聖さんは爽《さわ》やかに笑って自動販売機で購入したスポーツドリンクを飲んでいた。

フロアの隅にある休憩スペース。そこに設置されてあるベンチに、星宮姉妹が並んで座っている。

隣ではミニサイズのペットボトルを持ったひめがジトッとした目で聖さんを見ていた。胸元にはもちろん、クマのぬいぐるみを抱えたままである。

「お姉ちゃん、もう少し手加減してください」

「ふっふっふ。ひめちゃん、ゲームはちょっぴりへたくそだね～。たくさん勝てて気持ち良かったなぁ」

対戦ゲームではほとんど聖さんがひめに勝利していた。

運動神経がいい、という言葉は本当なのだろう。反応が良い上に操作に慣れるのも早かった。

ゲーム好きだがそこまでプレイがうまくない俺からすると、羨《うらや》ましい才能を持っている人だと思う。

「大人げないです」

「よしよし。ひめちゃん、悔しいからって八つ当たりしたらダメだよ～。お姉ちゃんはかよわい乙女なんだから悪口言われると辛《つら》いでーす」

「かよわい乙女……パンチングマシーンで陽平くんより数値が上だったのにですか？」

「忘れて！　それは私もびっくりしたんだからっ」

もちろん俺も驚いた。自分の非力さにもそうだし、聖さんの腕力にも。

そして少し自信を失った。男らしさにこだわる時代ではないけど、生物学上では俺が力強くてしかるべきなのに。

「……ひめ、それは俺にもダメージが」

「大丈夫です。陽平くんはかよわい男の子なだけです」

「私もかよわいもん」

「お姉ちゃんは力が強いです。寝ている時に抱き枕《まくら》にされるわたしの気分が分かりますか？　まるで蛇に締めつけられているみたいです」

……星宮姉妹って一緒に寝てるんだ。

仲が良くて微笑ましいなぁ、というのはさておき。

そんなこんなで、ゲームセンターでの遊びを終えて。

水分を補給した後に、事前の話し合い通りスーパーのお菓子コーナーに行こうということになった。

「ふわぁ。なんか眠たくなってきちゃった……」

歩きながら聖さんが大きなあくびをこぼす。

さっきまであんなにはしゃいでいたのに、急に大人しくなった。遊び疲れた子供のように。

「お菓子を買ってから休みましょう。それまでがんばって歩いてください」

「はーい」

聖さんを牽引《けんいん》するようにひめが手を引っ張っている。

「ひめちゃん、クマさんのぬいぐるみは重たくないの？　私が持ってあげようか？」

「大丈夫です。そこまで重くないので……あと、お姉ちゃんに渡すとすぐ枕にされちゃいますから」

「ま、ままま枕になんかしないよ？　ちょっとベンチで横になる時に枕にするとちょうどいいサイズとか思ってないんだからねっ」

「……枕にしたら怒りますからね？」

片手にはクマのぬいぐるみ。片手には聖さん……か。まるで二児をあやす母親みたいだ。

おかしいなぁ。普通は聖さんが手を引っ張る立場だと思うけど……これではどっちが年下なのか分からない。

「陽平くん、ごめんなさい。お姉ちゃん、夜遅くまで起きてたみたいで」

「なんと八時間しか寝てませーん」

「それくらい寝たら大丈夫な気が」

俺の睡眠時間はだいたいそれくらいだ。休みの日とかはもう少し眠るけど、まぁ最低六時間も寝たら日中は眠気を感じない。

「お姉ちゃんはいつも十時間くらい眠るので、八時間は足りないと思います」

睡眠時間も子供みたいだった。

見た目は年上のお姉さんみたいなのに。

「昨日の夜は動画に夢中だったみたいて、ずっと見てましたね」

「うん。生物系の動画にハマっちゃった」

ゲームセンターからスーパーまでは少し時間がかかる。

もちろん急いではいないので、その間はのんびり雑談しながら歩いていた。

「生物系……猫とかかな？　ショートで流れてくるとつい俺も見ちゃうなぁ」

「違うよ〜。昨日はクモとかバッタとか食べる動画ばっかり見てたの」

まさかの昆虫食。女子高校生が見る生物系にしては特殊すぎる。

「よーへーは知ってる？　虫さんってね、カニとかエビみたいな味がするんだって」

「聞いたことはあるけど……」

「私もいつか食べてみたいな〜」

食への探求心がすごすぎる。

「なるほど……昆虫の甲殻はエビやカニと同じキチン質で構成されていますからね。加熱したら似た味になるのも納得です」

「ちきん？　鳥さんの話はしてないよ〜？」

「キチン質です。お姉ちゃんには難しい話かもしれないので忘れてください」

「む、難しくないもんっ。カエルさんはチキンみたいな味がするって話でしょ」

「あ、それも聞いたことあるよ。昔はウシガエルとか食用だったらしいね」

「食糧難の時代に輸入されたもの、と文献で読んだことがあります。今は生態系を破壊する特定外来生物に分類されているみたいですね」

と、いう女子らしさとは無縁の話に興じながら歩くことしばらく。

ようやくスーパーに到着。ショッピングモール内に設置されているとはいえ、このスペースには地元のお客さんらしき人も結構見かけた。

日曜日はセールで安くなっているからだろう。うちの母もたまに来るらしい。

「あっちにお菓子のコーナーがあるから、行ってみよう」

「……これがスーパーですか。ふむふむ」

「ねぇねぇ、カエルは売ってないの～？　セミの唐揚げでもいいけど」

「スーパーにはないよ」

昆虫食が一般化するのはもっと未来の話じゃないかな。

残念そうな聖さんと、興味深そうに周囲をきょろきょろするひめを連れて、お菓子コーナーに向かう。

縦一列の棚にずらりと並んだより取り見取りのお菓子たち。

それを見て、ひめと聖さんは目を輝かせた。

「わぁ。陽平くんが普段持ってきてくれるお菓子がたくさんありますっ」

「すごーい！　ここは天国？　いっぱいあるね～」

二人のテンションが一気に上がる。

お菓子の味に魅了されたひめと聖さんにとって、このコーナーはとても楽しめると思う。

「普段は食べやすい種類を選んで持ってきてるけど、実は色々あるってことを見せたくて。駄菓子とかスナック菓子とか、学校ではちょっと食べにくいし」

カスがポロポロとこぼれるスナックや、甘さが控えめのおつまみ系の駄菓子など、種類は豊富にある。俺が持ってきたものですらあんなに喜んでくれるのだ。自分で選んで食べるのもきっと楽しんでくれるはず。

「これと、これと、それからこれと……！」

聖さんはすでに選別の作業に入っている。片っ端から気になったものを取っていたので、かごを持ってきてあげた。すぐに埋まりそうだけど。

「あんなにたくさん買ったら、家で怒られそうです。お姉ちゃんは大丈夫なのでしょうか」

姉が心配なのか、ひめの方は控えめというか……お菓子を見るよりも、この子は俺のそばから離れようとしない。

クマのぬいぐるみを抱えたまま立ち止まっていた。

「ひめは選ばないの？」

「選んでいますよ。ただ、多すぎて悩んでいます」

あまりにも種類があって目移りしている、ということかな。

「陽平くんのオススメを聞かせてもらってもいいですか？」

なるほど。そういうことだったんだ。

もちろん断る理由はない。オシャベリの相手になってくれるのもありがたいので、軽くお菓子について話しながら選ぶことに。

「せっかくなので、食べたことがないものを食べてみたいです」

「じゃあ、これとかどう？　ミルクチョコレートですっごく甘い」

「すっごく……普段食べているチョコよりも、ですか？」

「うん。種類によって違いもあるんだけど、この牛さんがラベルになってるチョコなんて虫歯があったら痛むくらい甘い。ちなみに子供のころに虫歯を我慢して食べてたら悪化しちゃって、母親に叱《しか》られたことがある」

「それはそれは……子供のころの陽平くん、かわいいです。お話を聞いたらわたしも食べたくなってきました。買ってみます」

「あとはちょっと趣向を変えて、この棒とかもいいよ」

「さっきお姉ちゃんが取ろうとしていた種類ですね。味がたくさんありますが……どれがいいのでしょうか」

「好みによると思うけど、俺はコーンポタージュが好きかな」

「それでは、同じものにしてみます。陽平くんが好きなら間違いないです」

チロルなサイズ感のチョコレートや、おいしそうな棒など。

いわゆる駄菓子に分類されるものにひめは興味を持っているみたいだ。

複数人で食べるのに向いていないので俺が普段買わない種類でもある。この機会に色々とオススメしておきたいところ。

ただ、他にもたくさんあるので少し迷うなぁ。ひめが目移りする理由も、聖さんが手あたり次第取りまくっている気持ちもよく分かる。

「あの、陽平くんは他にどれを食べていたのでしょうか。子供のころの思い出などもあれば教えてくれると嬉しいです」

ありがたい。悩んでいたらひめが助け舟を出してくれた。

「俺がよく食べていたのは――」

昔を振り返ってみる。意外とお菓子一つ一つにエピソードがあって自分でも驚いた。

祖父母によく買ってもらっていたもの。姉から譲ってもらったもの。小学生のころに友達と半分こしたもの。中学生のころに受験勉強の合間につまんだもの。高校生になってゲームをしながら食べているもの。などなど。

ひめは俺の話を聞いては、そのお菓子を全て手に取っていた。

「それぞれのお菓子に思い出が宿っているのですね。昔の陽平くんのお話が聞けて、とても楽しいです」

満足そうなひめ。

あまり多くはないけれど、選んだお菓子を大切そうに抱えている。

味や好みで選んだものは一つとしてない。

全て、俺が話したものだけだ。

（この子が興味のあるものって……）

明言されていなくても分かる。

ひめが興味を持っているのは、俺だ。

この子は俺のことを知りたがっているのだ。

ゲームも、お菓子も、楽しそうにしているのは本心だと思う。

ただ、その発端はやっぱり俺が好きなものだからという前提があるからに見える。

勘違いだとか、自意識過剰とか、気にしすぎているだけ、とか。

そんな言い訳ができないくらい、ひめから純粋な好意を感じた。

（――やっぱり、嬉しいなぁ）

他人からこんなに興味を持たれたのは初めてだ。

俺は平凡である自分を意外と気に入っている。何も特徴はないけれど、逆に欠点も少ない自分でいいと、ありのままの自分をそのまま受け入れている。

とはいえ、誰かに認められたいという気持ちがないわけでもない。承認欲求が他人より薄い自覚はあるが、決してゼロじゃない。

そのせいでひめの好意的な態度にこんなにも悦《よろこ》びを感じてしまうのだろう。

だから、もっと報いてあげたい。

ひめの思いに応《こた》えるためには何をしてあげられるのだろう？

そんなことを、ふと思った。


総額、二万円。

星宮姉妹……じゃない。正確に言うと聖さんが購入したお菓子の代金である。

「お姉ちゃん、こんなに食べきれるのですか？」

「よゆ〜。これから一週間くらい、食事は全部これにするもん」

「……そうですか」

満面の笑みでお菓子の入った袋を抱える聖さんを、ひめは呆れた目で見ている。

何を言ってもダメだと諦めたのか、これ以上は注意するそぶりが見えない。

「ひめ、本当に大丈夫？　さすがに心配かも」

連れてきた人間としては、一週間もお菓子漬けにされると困る。それが原因で体調を崩したらと思ったら、責任を感じる。

ただ、それは杞憂《きゆう》だと言わんばかりにひめは肩をすくめた。

「お手伝いさん……わたしたちの面倒を見てくれている人がいるので、その方にちゃんと叱られると思います」

そういえば前に、買い物などは全部お手伝いさんがやってくれると言っていた。

身の回りのお世話をしている方がいるのなら、聖さんの暴食もその方がしっかり制限してくれるだろう。

「たぶん、わたしも少し怒られるかもしれません。姉の面倒をちゃんと見なさい、と」

「……妹も大変だね」

話だけ聞いていると、どっちが年上なのかたまに分からなくなる。

しっかり者の妹と、ゆるゆるな姉。真逆だけど、二人の相性は良さそうなのでそれはそれでいいのか。

さて、お菓子も買ったところで。

「これからどうする？　一応、行く予定のある場所はもうないけど」

ゲームセンターとスーパーだけが目的地だった。

あとは二人が気になった場所などあれば、そこに行こうかなと思っていたのだが。

「ごめんなさい。お姉ちゃんの荷物が多いので、動き回るのは少し厳しいかもしれません」

「うん。そうなるよね……」

誤算だった。まさか聖さんが両手にそれぞれ大サイズの袋を抱えるとは思っていなった。ひめもクマのぬいぐるみを抱えたままなので、さすがにこれを持って移動するのは気が引ける。

想定よりも遊ぶ時間が短かったけど、もう解散しちゃった方がいいかもしれない。

約一時間半くらいか。物足りなさはあるものの、無理をする必要もない。また次の機会を作ればいいだけなので今日は切り上げよう。

　と、提案しかけたその時。

「…………」

「あ、電池切れですね」

　ひめが唐突に声を上げる。出口に向かって歩いていたら急に足を止めた。

　スマホのバッテリーがなくなったのかな。普段使わないと言っていたし、充電を忘れていたのかもしれない。

「大丈夫？　迎えの連絡とかって……」

「連絡？　あ、違います。スマホの話ではなくてお姉ちゃんの話です」

「聖さんがどうかした？」

「お姉ちゃん、体力がなくなると口数が極端に少なくなるタイプでして……この状態をわたしは『電池切れ』と表現しています」

　そう言われてみれば、急に聖さんが何も言わなくなったかも。

　気になって彼女を見てみる。本当だ。虚《うつ》ろな瞳《ひとみ》でぼんやりしている。これは間違いなく電池が切れていた。

「昨日はあまり寝てない上に、今日はずっとはしゃいでいたので……想定よりも電池切れが早かったです」

本当に子供みたいだなぁ。体は大きいけど無邪気すぎる。

そういうところも聖さんの魅力だと思うけど。

「運動神経はいいんですけどね。出不精で努力という言葉を嫌う生粋のナマケモノさんなので、お姉ちゃんは持久力がないのです……わたしもないのですが」

星宮姉妹の弱点は体力の少なさみたいだ。

まぁ、疲れるのも無理はない。

「もう帰ろうか」

「そうですね。家でお姉ちゃんを寝かせてあげたいと思います」

荷物も多いしちょうどいい頃合《ころあい》いだろう。

と、俺とひめで帰宅を決定したのだが。

「……ひめちゃん、よーへーとコンビニに行くんじゃないの？」

残量残り三パーセント。そんな状態でなお、聖さんはお姉ちゃんとして振る舞うことを忘れていない。

「でも、お姉ちゃんが疲れてますから」

「あんなに楽しみにしてたんだもん。私のことは気にしないで」

聖さん……普段はおどけて見えるけど、いいお姉さんだなぁ。

妹のことを心から思っているのが言葉の節々ににじみ出ている。その優しさを、賢いひめはちゃんと気付いている。

　そしてこの子は人の優しさを踏みにじらない。

「それでは……お言葉に甘えてもいいでしょうか」

「全然いいよ～。お姉ちゃんにはいっぱい甘えて大丈夫だからね」

「はい。いつも、甘えていますよ……それでは、クマさんもお姉ちゃんに預けますね。うちに連れて行ってあげてください」

「おっけ～」

「……枕にしたらダメですよ？」

「わ、わわ分かってるよ？　大丈夫だから、も～っ」

「はい。信じてますね。よろしくお願いします」

　ひめは変に強情になることは決してない。

　素直に頷いて姉の気持ちを受け取っている。

「お迎えを呼んだのでお姉ちゃんはもう大丈夫だと思います」

　お店の外に出た直後。

　ひめがスマホでメッセージを送って送迎の手配をしていた。

「一緒に待ってなくて大丈夫？」

　少し離れた場所でぽつんと立っている聖さんが少し心配だ。表情こそゆるく笑ってるけど、さっきから本当に口数が少ない。電池切れとは言い得て妙である。

「本心では待っていてあげたいのですが……お姉ちゃんはわたしに過保護にされるとふてくされます。『お姉ちゃんをなめないで』と」

「姉のプライドかな」

「そうだと思います。ああ見えて気は強いので……迎えも近くで待っていたみたいですし、心配は不要です。陽平くん、行きましょうか」

「……ごめん。一応声をかけてくるよ」

ひめに断りを入れて、聖さんに歩み寄る。

片手にクマのぬいぐるみを抱えて、片手に二つの大きな袋を持っている聖さん。重そうだけど意外と体幹がしっかりしているのか姿勢は良かった。

「聖さん、俺たちはもう行くよ。また明日」

「ふふっ……ひめちゃんのこと、よろしくね～」

近づくと、聖さんが小さな声で俺に返答した。その顔にはお茶目《ちゃめ》な表情が浮かんでいる。

あれ。なんだか様子がおかしいような。

「電池切れでは？」

「さて、どっちでしょう～？」

たぶん、意地を張って平気なふりをしているだけ。

あるいは、何か意図があって電池が切れたふりをしているだけ。

どちらとも見える表情に惑わされる。

この人、ひめの前ではいいお姉ちゃんだけど……そのために色々と隠している一面も多い気がする。

「私がいると、ひめちゃんは色々遠慮しちゃうからね。あの子を楽しませてあげて」

その呟《つぶや》きを最後に、聖さんはお茶目さを消した。

電池切れの演技に戻った彼女は、もう会話するつもりはないと言わんばかりに目をそらして虚空を眺める作業に入る。

「……うん、任せて」

ともあれ、虚実いずれにしても聖さんがひめのことを思っているのは間違いない。

彼女の要望通り、ひめを楽しませてあげることに意識を割くことにした。


聖さんとはお別れになったものの、ひめとのおでかけは続行となった。

ショッピングセンターから目的地のコンビニまではそれほど遠くない。徒歩で移動できる距離にある。

ひめの体力も今のところ問題なさそうなので良かった。

彼女が持っているものは先程購入したお菓子と首から下げられたスマホのみ。

先程まではクマのぬいぐるみを抱えていたので歩きにくそうだったが、今は身軽なので足取りも軽快だ。

そんなひめと歩いている道中。

スマホの画面を眺めていたひめが聖さんのことを報告してくれた。

「……お手伝いさんから連絡が来ました。お姉ちゃんと合流して今から帰宅するそうです」

「早いね。やっぱり近くで待ってたのかな」

「そうだと思います。待機しなくてもいいと伝えていたのですが……心配だったのかもしれませんね」

「面倒見がいい人なんだ」

「はい。あ、お菓子が多すぎるってお叱りも届きました。お姉ちゃんから『怒られて眠気が吹き飛んだよ～。ひめちゃん助けてっ』とSOSもきてます」

「……ちゃんと注意されていて安心したよ」

やっぱりあのお菓子の量は無謀だったらしい。

それを咎《とが》める人が星宮姉妹の身近にいてくれて良かった。何かあったらその人が制限してくれると思うので、俺は精一杯甘やかすことに専念させてもらおう。

と、孫をかわいがるおじいちゃんのようなことを思いながら、足を進める。

時刻は十五時過ぎ。まだまだ日中なので気温は高い。しかし、俺が外出した直後に比べると少し涼しい。

理由は単純。あんなに晴れていた青空に雲がかかっているおかげだ。

「くもって良かったね。少しだけ歩きやすくなったし」

「そうですね。ただ、天候が崩れないか心配です」

「……たしかに」

言われてみると、ところどころに怪しげな暗雲が紛れている気がする。

あれが悪さしないといいけど……と、考えた矢先。

「悪い予感は的中しますね」

ひめに遅れて、俺も雨に気付いた。

「まずいなぁ……傘、持ってないのに」

ポツリと、雨粒が頬《ほお》に触れる。

誤算だった。出かける時は雨の気配なんて微塵《みじん》もなかったのに。

コンビニまであと数分くらいかな。それまで小雨ならまだなんとかなりそうだが。

しかし、今回の雨は容赦がなかった。

『ザー』

ぽつりぽつり、ではない。

雨の雫《しずく》が大きい。アスファルトにぶつかってはザーザーと音を立てている。

小雨なんていう生ぬるい言葉では表現できない。これでは豪雨だ。

「ひめ、一旦雨宿りしよう」

「その方が良さそうですね」

近くに屋根付きのバス停を見つけたので慌てて駆け込む。

一時的にではあるものの雨はしのげそうだ。

ただし問題が一つ。

「……ずぶ濡《ぬ》れです」

そうなのだ。ひめも俺も髪の毛から雨が滴るくらい濡れている。

「困りましたね。しばらく止《や》みそうにありません」

「スマホは壊れてない？」

「防水なのでこれくらいなら問題ないと思います。とはいえ心配なので、一応袋に入れておいた方が良さそうですね」

そう言いながら、お菓子の入っていた袋にスマホを入れるひめ。故障がないなら良かったと安堵したのも束《つか》の間《ま》。

「へくちっ」

かわいらしいくしゃみだなぁ。

なんて和む間もなく、ひめの体調が気になってくる。

「もしかして寒い？」

「いえ。気温が高いので寒さは感じていませんが……濡れちゃったせいで体温が変化して、体が反応しちゃってるみたいです」

本人は何事もなさそうである。

ただ、改めてじっくり見てみると……やっぱり不安は拭《ぬぐ》えなかった。

（大丈夫とは思えない）

ひめは真っ白いワンピースを着用している。

動くたびにふわふわとスカートの裾が揺れる、とてもかわいいお召し物。

ただし、夏らしいデザインであるが故に。

雨に濡れて透けてしまうほど生地は薄いようだ。

（ん？　透けている？）

思わず二度見してしまう。

肌着が浮き出ている。それだけでも見てはいけない気分にさせられる。しかしそれ以外、肌着が覆《おお》っていない部分……肩や二の腕、それから胸元などから肌色が見えているのが更に大きな問題だ。

（――まずいな）

濡れた直後の今はまだいい。寒さもそこまで感じないだろう。

ただ、衣服や肌に付着した水が乾いてくるこれからはそうもいかないだろう。

(ひめは体も丈夫ではないだろうし)

一年前のことを不意に思い出す。

学校の敷地内ですら歩き疲れていたあの少女が、雨に濡れてしばらく放置されたら間違いなく体調を崩すに違いない。

今日はゆっくり歩いて負担がかからないようにしていたが、なんだかんだ体力は消耗しているはず。その状態で体が冷えたりなんてしたら大変だ。

「ひめ。とりあえず、これ着て」

焼け石に水なのは分かっている。でも、少しは効果があることを期待して、俺はワイシャツを脱いでひめにかぶせた。

「え? あ、あの、その……」

突然服をかけられたせいか、ひめは困惑して……ん?

ひめの顔がほんのりと赤みを帯びていた。

さっきまで平気そうだったのに、急に顔色が変わった。

そのせいでちょっと焦《あせ》った。

「よ、陽平くん? えっと……」

「ごめん。濡れてるけど、ないよりはマシだと思うから着ててほしい」

「いえ。そんな……でも」

「遠慮しないで。洋服が透けるくらい濡れてるし、このままだと風邪ひくかもしれないから」

「透けて……！」

指摘されてようやく気付いたらしい。

俺のワイシャツをめくって自分の衣服を確認したひめ。

彼女は大丈夫と言い張っていたけど、これで俺が心配した理由も分かってくれただろう。

「……わ、わ、わ」

「ひめ……⁉　か、顔が真っ赤《まっか》に！」

いや、自覚させたのは悪手だったのかもしれない。

ひめの顔色が悪化した。違う。顔だけにとどまらない。首元や耳の先まで真っ赤になったひめは、俺がかぶせたワイシャツの前をギュッと閉じるように身を小さくする。

「――っ～」

震えていた。やっぱり寒いんだ……！

どうしよう。まだ雨は止みそうにない。そうだ。迎えの車は……聖さんを送っている最中だから来るのに時間がかかってしまう。

それならどうする？　コンビニまであと数分。あそこで雨宿りするか？　いやでもこのずぶ

濡れの状態で冷房の効いた店内に入ったら俺ですら風邪をひくと思う。

とはいえこのままでいるとひめが危ない。

と、焦りながら俺が導き出した答えは……やむを得ない最終手段だった。

「ひめ。行こう」

「……ど、どこにですか？」

「俺の家に」

「――ふぇ？」

ひめがぽかんと口を開ける。きっと説明を求めている。

でも、そんな時間すら惜しくて俺は立ち上がった。

「ここからだと家まで十分もかからないから歩こう。少し我慢できる？」

「我慢は、できますが……急で、心の準備が」

ひめの声が弱々しい。

もごもごしていて、最後あたり何を言っているのか聞き取れないくらいだ。そのせいで余計に心配になった。

一刻も早く濡れた体を何とかしてあげないといけない。

当初はコンビニに行く予定だったものの、これは中止にせざるを得ない。ひめの体調が優先だ。おでかけに誘った人間として風邪だけはひかせたくない。

その使命感に駆られて、俺はひめの手を引っ張って再び雨空の下に飛び出した。

「ごめん。急ごう」

「ひゃいっ」

俺の勢いに負けたのか。

あるいは、抵抗できないくらい体調が悪くなっているのか。

ひめは顔を真っ赤にしたまま、俺と一緒に歩き出す。

とはいっても彼女のペースに合わせて速度は落とそうと思っていた。

しかし、ひめの歩みがいつもより速かった。おかげであまり時間がかからずに帰宅することができたのだが。

(ひめ、息も上がってる……！)

肩を上下させて呼吸している。

早歩きしたことで疲弊している。汗もかいたかもしれない。雨に濡れた上にこうなったのであれば、もう『あれ』は避けられそうにない。

「ひめ、上がって」

「で、でも……」

「濡れてても気にしないで大丈夫。床は俺が後で拭《ふ》いておく」

「ちょっと待ってください。少しだけ、落ち着く時間を……」

「ごめんね。後でたくさん休む時間はあるから、今はとにかく――入って」

「陽平くん？　先程から、言葉がちょっと足りないと言いますか……その、あんまりそういうたくましい顔をされると、ドキドキしちゃって、あの……」

やっぱり呂律《ろれつ》もうまくまわっていなくて、何を言っているのか分かりづらい。

そして俺は焦っている。冷静になることができなくて、いつもよりも強引《ごういん》になってしまっていた。

「ちなみに、入るとは……どこに？」

「お風呂《ふろ》に」

「――え？」

そういうわけで。

俺は有無を言わさずひめをお風呂場に連行した。


ひめが風邪をひかないように。

その一心で突き動かされいて冷静さを欠いていると思う。

ただ、おかげで脱衣所に入ることができていた。いくら親しいひめでも、普段ならあの子が浴室にいる状況でここまで来られない。

扉一枚先にひめがいる。しかも生まれたままの姿で。

きっとあの子は恥ずかしいだろう。

でも、今はちょっとした緊急状態。ひめには申し訳ないけど少し我慢してもらおう。

「ひめ、洋服は洗濯機の中に入れた？」

「は、はい。ちゃんと入れておきました」

浴室内からくぐもった声が返ってくる。

扉はくもりガラス製なのでひめは見えていないから安心だ。ぼんやりと肌色が確認できる程度である。

「お湯の出し方は分かる？」

「この赤いところをひねるのですよね？　えっと……わっ。出ました」

「熱かったら青いところの水も出して。温度を調節できるから」

「ここで調整を……なるほどです」

「体、ちゃんと温めてて。その間に着替えとか持ってくるよ」

「……ありがとうございます。それでは、お言葉に甘えて」

よし。ひとまず浴室のひめはこれで無事だろう。

濡れた衣服を脱いで温かいシャワーを浴びておけば体が冷えることはない。湯舟を用意してあげられなかったのは心残りだけど、急いでいたので仕方ない。

（さて、と……まずはタオルか）

シャワーの音を聞きながら自分のやるべきことを進めていく。

まずはひめが体を拭く用に、脱衣所の棚にしまわれていたタオルを取り出す。あ、そういえば俺も濡れているのを思い出した。自分用にもう一枚取り出して付着した水気を拭きとる。

俺とひめが歩いて濡れた床は一旦無視。着替えを用意してから処理することにして、二階にある自分の部屋へと向かう。

暑っ。入室してジメジメとした暑さに顔をしかめた。冷房はちゃんとつけておこう。

とりあえず俺もびしょ濡れなのでしっかり着替えておいた。まだ少し髪の毛が濡れているのだが、この感じなら作業をしていたらすぐに乾くと思う。

俺のことはもう大丈夫。問題はひめの着替えである。

（ひめには申し訳ないけど、一旦は俺の服を着てもらおうかな）

衣服が乾くまでは我慢してもらおう。

ひめに着てもらうためのシャツとズボンを持って再び一階へと降りる。

「ひめ。タオルと着替えを持ってきたよ」

「ありがとうございます……あの、もうあがってもいいですか？」

「まだダメ。洗濯機を回すまでは入ってて」

「うぅ……さっきからドキドキしてのぼせそうなのですが」

「あとちょっとだから、がんばれ」

そう声をかけながら洗濯機と向き合う。

両親が共働きなせいか、子供のころから家事は一通り自分でできるように教育されていた。料理はまったくダメでそこは諦めているものの、掃除や洗濯程度なら自分でこなせる。

洗濯機の使い方も熟知している。ただ、ちょっと確認しないといけないことが一つ。

(ひめの洋服って普通に洗っていいのかな)

彼女はかなりのお嬢様。着用している衣類に高級な生地が使われている可能性も否めない。

着脱した衣服を漁られるのは恥ずかしいと思う。

でも、取り返しのつかないことをする前に、ここはしっかりと確認させてもらった。

洗濯機のふたを開けて、それからワンピースを手に取る。裏返してタグをチェック。

(洗濯機はオッケーなんだ。でも乾燥機はダメ、と)

見ていて良かった。何も見ていなければ乾燥機に入れるところだったから。

たぶん大丈夫だと思うけど、念のため色が移らないように俺の衣服は別で洗おう。ひめの衣服だけを洗濯した方が時短もできるだろうし。

さて、モードは……ワンピースの生地が薄いので弱にしておくか。洗剤を入れて、柔軟剤をセット。スタートボタンを押して準備は完了。最後にお急ぎのボタンも押して可能である限りの時短を目指す。

洗濯にかかる時間は……三十分か。乾かす時間も含めると、全部完了するのに一時間以上はかかる気もするなぁ。

それまでひめを退屈させないようにしてあげたいところだが。

まぁ、時間のつぶし方は後で考えるとして。

「ひめ？　洗濯機を回したから、あがるならあがっていいよ。着替えとタオルは置いてあるから」

「……は、はい。それでは、あがりますね」

と、言ってすぐにシャワーが止められた。

ひめが今から浴室から出てくるので、足早に脱衣所から退散する。

さてさて。彼女が着替えをすませる間に濡れた床をなんとかしておこう。

雑巾《ぞうきん》で水滴を拭って、念入りに乾いた布巾で滑って転ばないよう完璧《かんぺき》に仕上げておいて。

濡れた床を一通り処理した頃合いで、脱衣所の扉が開いた。

「陽平くん、終わりました」

タオルを片手に出てきたひめは……ぶかぶかのシャツを一枚着ただけの状態だった。

男性用のLサイズはひめにとってかなり大きかったらしい。袖《そで》はひじの関節まで覆っていて、裾はスカートのように太ももまで届いている上に、襟《えり》部分なんてゆるゆるすぎて肩が片方出そうなくらいズレていた。

そしてズボンは着用されることなく、彼女の手元に抱えられている。

「せっかく用意してもらったのにごめんなさい。ズボンは一応穿《は》いてみたのですが、ずり落ちるので諦めました」

「こ、こっちこそごめん」

……やっぱり焦っていたんだろうなぁ。

サイズにまで考えが及ばなかった。冷静に考えてみるとそんなの当然なのに。

「そうだ。母さんの着替え、持ってくるよ」

必ずしも俺の衣服である必要性なんてない。

母親の衣類でもいいとすぐに気付いたので、それを持ってこようとしたのだが。

「いえっ。大丈夫、です」

歩き出そうとした俺を、ひめの声が制止した。

「陽平くんのお洋服でも気にしません」

「だけど、サイズが」

「サイズは、むしろこれくらいがいいです」

「……本当に大丈夫？」

気を遣わせてしまっていないだろうか。

そこを心配していたものの、ひめは本心から着替えは望んでいないようで。

「陽平くんの匂《にお》いがして……落ち着きます」

襟元《えりもと》に鼻先をうずめて、ひめは小さな声でそんなことを呟いた。

……なんか急に照れてきた。

「気にしないなら、いいんだけど」

この子は時折、こうやって心をくすぐってくる。

そういう愛らしい一面を見るたびに、幸せな気分にさせてくれる。

とりあえず、本人がそう言うのなら無理強いする必要はないか。

「じゃあ、えっと……」

お風呂もすませたなら次は何をしよう？

洗濯物が乾くまで時間はまだかかる――と考え始めてすぐに、ひめの足元が濡れているのを見つけた。

あれ？　そこだけ拭き忘れ――じゃない。現在進行系で水滴が垂れているんだ。

具体的に言うと、ひめの髪の毛からぽたぽたと落ちている。

「ひめ。髪の毛、ちゃんと拭かないと」

「あ、ごめんなさい」

一応は頷きはしたものの、タオルの動かし方が雑……というか、不慣れな気がする。

明らかにうまく拭きとれていない。

この調子で、ひめの繊細そうな髪の毛をここまで綺麗《きれい》に維持できるものだろうか。

「普段はお姉ちゃんにやってもらっているので……」

なるほど。やっぱりそういうことか。

どうやら聖さんが髪の毛のお手入れをしているらしい。でも今は本人が不在である。かといって放置するのは有り得ない。ひめの綺麗な髪の毛を傷ませたくなんてない。

「俺が拭こうか？」

もちろん、女性の髪の手入れなんてやったことはないけど。

たぶんひめ本人がするよりは、他人の手でやってあげた方がいい気がする。

「いいのですか？」

「うん。タオル、貸してもらっていい？」

「どうぞ。それでは、お願いします」

ひめからタオルを受け取って、彼女の後ろに回り込む。

洋服に水滴が落ちて濡れないよう、タオルで長い髪の毛を持ち上げて……優しく撫でるように水気を拭った。

自分の髪の毛ならもう少し乱暴にガシガシと拭くのだが、ひめの細い髪の毛は乱暴にするとすぐに傷みそうで、そんなことできないし、する気も起きない。

聖さんが手入れをしている気持ちもなんとなく分かる。

こんなに綺麗な髪の毛なら、丁寧に扱ってあげたいと思わされる。

……よし。滴るほどの水気はとれた。しかしまだ髪の毛は濡れた状態なので、もう少しちゃんと乾かしてあげたい。

「ひめ。ドライヤーもかけていい？」

「そこまでしてもらわなくても、後は自然に乾燥すると思いますが」

「いやいや。こんなに綺麗な髪の毛を雑に扱ったら、俺が聖さんに怒られちゃうよ」

「……綺麗、ですか」

俺の言葉に、ひめははにかんだように笑う。

「それでは、お願いします」

「うん。任せて」

相変わらず褒め言葉に弱い子だなぁ。

素直な反応がとてもかわいかった。


ドライヤーで髪の毛を乾かすために、ひめを二階にある俺の部屋に招いた。

「ここが陽平くんのお部屋ですか」

彼女は興味津々と言わんばかりにきょろきょろしている。

別に見られて困るものはない。しかしそこまでじっくり観察されると少し恥ずかしい。

「ごめんね。面白味《おもしろみ》がない部屋だけど我慢して」

「そんなことないです。陽平くんらしさがいっぱいで、すごく面白《おもしろ》いです」

お世辞……をひめが言うわけないので、本心からの言葉だよなぁ。

別に謙遜《けんそん》しているわけじゃない。本当に普通の部屋なのだ。

勉強机、椅子《いす》、たんす、ベッド、棚、モニター、ゲーム機が置かれているだけの私室。性格上、物欲も薄いので意識せずとも地味な内装となっている。

しかし、それでもひめは目を輝かせている。

「整理整頓《せいとん》されていて素敵です。居心地がすごく良さそうで」

物は言いよう。褒め上手なひめの言葉に気分がすごく和まされる。

地味な部屋だけど、楽しんでもらえているのならそれが一番だ。

「部屋、暑くない？」

「はい。涼しくて気持ちいいです」

先程着替えを取りに来た際にクーラーのスイッチは入れておいた。温度もいいくらいに調整されているようで何より。

（体も温まったようで良かった）

雨に濡れた時は焦った。

あのまま放置していたら風邪をひきそうだったので、慌ててお風呂に入ってもらった。少し強引だったかもしれないけど、元気そうなひめを見て安堵する。

これならもう心配はいらないだろう。

「そろそろ乾かそうか」

ドライヤーを取り出してコンセントに差す。椅子に座ってもらいたいところだけど、ひめは髪の毛が長いので背もたれが邪魔をしそうだ。

申し訳ないけど床に座らせてもらおうかな。

「ひめ、おいで」

あぐらをかいて彼女に呼びかける。

「はい。すぐに行きます」

声をかけられて俺が座っていることに気付いたらしいひめが、とことこ歩み寄ってくる。

それから一切《いっさい》の躊躇《ちゅうちょ》なく、流れるように自然な動作でちょこんと座った。

——俺のひざの上に。

「……えっと」

たしかに手招きはしたけれど。

もちろんひざの上を指定したつもりはない。俺の近くに座ってほしいという意味合いだった。

だけどひめはここを選んだ。体育座りするようにひざを抱えている。丸まったような姿勢のせいか、ただでさえ小柄なのにいつも以上に小さく感じる。

軽いなぁ。言動が大人びているので会話を交わしている時はあまり年齢の差を感じない。しかし、彼女に触れるたびに強くこう思わされる。

この子は八歳の少女なんだな、と。

「よろしくお願いします」

ひめはすっかりリラックスモードだ。

ふにゃりと脱力している様子を見ていると、こっちまで力が抜けてくる。

びっくりしたけど、ひざの上に座るくらいどうってことないか。

むしろ髪の毛が乾かしやすい位置なのでこれがベストだろう。

変に意識したり、指摘する必要性なんてない。むしろ言葉にすることによってひめが恥ずかしさを感じる可能性もある。

だったら何も気にしないでおこう。

ごくごく自然に、当たり前のようにひめの頭にそっと触れた。

「ドライヤーかけるよ」

そう告げてから電源を入れる。特有の機械音が響いて周囲の雑音がかき消される。

この状態だとオシャベリもままならない。早く乾かしてしまおう。

まぁ、当然ながら他人の髪の毛なんて乾かしたことはない。ましてや女の子の髪の毛になんて触れたことすらない。

ぎこちなさは仕方ないので、せめて丁寧に触れよう……って、そうだ。

（くしって必要だよな？）

こんなに長い髪の毛ならすいてあげないと絡《から》まるかもしれない。いやでも、俺が普段使っている安物でもいいのかな……一応持ってきた方がいいのだろうか。

悩みながらひめの髪の毛に指を入れてみる。優しく、絡まった部分があったらほどくように……と思っていたのだが、指は毛先までスムーズに通せた。

（本当に、大切にお手入れされてるんだなぁ）

聖さんの愛情を感じた。

まだ幼いから髪の毛が傷んでいない、というのもあるだろう。

ただ、それ以上に聖さんが毎日ちゃんとケアしてあげていることを感じる。

そうでないと、絡まりが一切ないサラサラで艶《つや》のある髪質になるわけがない。

（これなら、くしは使わなくてもいいか）

取りに行く手間が省けて良かった。

せっかくひめがリラックスしてひざの上に座っているのだ。立ち上がるのは抵抗がある。

指で軽くすきながら、ドライヤーを遠めから優しく当てる。時折左右に指を振って髪の毛を揺らしてあげた。

頭皮を撫でるように手を動かす。それがひめは心地良かったのかもしれない。

「んっ」

微かに声を上げて、頭を俺の手に押し付けてくる。

まるで、もっと撫でてほしいと言わんばかりに。

甘えられているようでなんだかこそばゆい。もちろん嫌な気分ではないし、むしろ懐かれているみたいで嬉しくなって、必要以上に頭を撫でてあげてしまった。

お互いに無言のまま時間が流れる。

ドライヤーの音だけが響くことしばらく。

ひめの髪の毛がほとんど乾いたので電源をオフにした。

「ひめ、終わったよ」

ポンポン、と頭を撫でるように叩《たた》いて終了をお知らせする。

ついでに、髪の毛がまだ濡れていないか指を通して毛先までチェック。よし、初めてにしては上出来だったと思う。

「……えへへ」

ひめも満足そうだ。

横から顔を覗《のぞ》き込んでみると、いつも以上にふにゃふにゃでゆるゆるになっていた。

「加減はどうだった？　うまくできてた？」

「陽平くん、手つきが優しくてお上手でした。とても心地良かったです」

美容室で髪の毛を洗われている時の感覚に近いものがあったのかもしれない。

俺もよく眠りそうになるので、ひめの気持ちはよく分かる。

「お風呂からあがったばかりだからでしょうか……すごくぽかぽかしています」

のぼせているわけではないだろう。顔はほんの少し赤いけれど、血色が良いだけにも見える。

火照《ほて》ったのかな。ひめの肌が触れている部分が少し温かい。いや、年齢が幼いので俺よりも体温が高いだけかもしれない。

いずれにしても、体調不良というわけではない。むしろ調子は良さそうだった。

その証拠に。

『ぐ～』

不意に、音が鳴った。

聞き覚えのあるその音は、懐かしさすら感じるもので。

「……油断しました」

おなか部分を押さえながら、ひめが声を震わせた。

耳が真っ赤になっているのは火照っているせいじゃない。

食欲があるのは元気な証拠。決して恥ずかしがる必要はないのに。

「おなか空《す》いてるの？」

からかったりはしない。

ただ、前と同じセリフを発してみる。

そうすると、ひめはハッと何かに気付いたように顔を上げてから……小さくこう呟いた。

「……ちょっとだけ」

やっぱり、覚えていてくれたんだ。

教室で初めて会話した時と同じセリフを、ひめも返してくれる。

あれからまだ一月くらいしか経《た》っていない。しかし随分と懐かしい気分になった。

「あの時はびっくりしたなぁ」

「わたしも……あんなに大きな音が鳴るとは思わなくて」

「違う違う。びっくりしたのは音じゃないよ」

今でも鮮明に覚えている。

お菓子を食べて笑った、ひめの愛らしい表情を。

「あんなに美味しそうにチョコを食べている子を俺は初めて見た」

「それは、当然です。だって……とても優しくて、幸せな味がしました」

ひざの上でひめが体を揺らしている。

あの時のことを思い出しているのかな。なんだか楽しそうに見える。

「そんなにタケノコのお菓子が美味しかったんだ」

「……それだけじゃないですよ」

そう言って、ひめが俺にぐっともたれかかってくる。

甘えるように体を擦《こす》り付けて、上目遣《うわめづか》いでこちらを見たひめは……小さな声で囁《ささや》いた。

「陽平くんも、優しくて甘かったです」

「俺が？」

「はい。お菓子みたいに、わたしを幸せにしてくれました」

お菓子みたいに、か。

その称号がひめにとって最上位のものであることは分かっている。

「ありがとう」

ついつい、ひめの頭を撫でてしまうくらいには。

彼女の言葉が嬉しかった。

「んっ」

細くてしなやかな髪の毛に指が触れる。

ずっと触っていたくなるような手触りの良さだ。

ただ、撫でるとひめが微かに声を上げたので、あまりやりすぎは禁物かもしれない。

「あ、ごめん。くすぐったい？」

「……少し。でも、嫌ではないです」

むしろ、もっと撫でてほしい。

そう言わんばかりにすり寄ってくるひめ。ほのかに高い体温と、ミルクのような匂いと、ぷにっとした柔らかい感触の、全てに強い愛《いと》おしさを覚えてくる。

疑いようのない愛情。懐かれている心地良さに、頭がふわふわしてくる。

こんなに素敵な少女が慕ってくれる。

それが嬉しくない、わけがない。

『ぐ～』

二度目のおなかの主張。

いつまでも悶《もだ》えているわけにもいかない。ちょうどおやつ時かな。

「お菓子、買ってきてたよね？　まだ時間もあるし食べたら？」

「そうですね……これ以上、陽平くんにおなかの音を聞かせるのは恥ずかしいので」

ひめがひざの上からぴょこんと立ち上がる。

名残惜しさを感じたのは一瞬。机の上に置いていたお菓子の入った袋を取ったひめは、まるで定位置だと言わんばかりにひざの上に戻ってくる。

彼女が取り出したのは、チロルなサイズ感のチョコレート。

ひめの手のひらにすら収まる小さなそれを、彼女は俺に差し出した。

「もしかして、開け方が分からない？」

初めて教室でお菓子を食べた時と同じだ。

あの時もこの子はお菓子の開封方法が分からなくて戸惑っていた。

今回も同じように俺が開ければいいのかなと、思っていたのだが。

「開け方が分からない、というよりも……陽平くんに、食べさせてもらいたいです」

やっぱりひめは素直だった。

彼女は変に理屈をこねない。まっすぐな好意を見せてくれている。

「わたしにとって、お菓子が一番おいしいと感じる食べ方です」

……そういえばこの子は、二人きりになると俺に食べさせてもらおうとする。

その理由がようやく分かった。

「初めての時の印象が強いのだと思います。自分で食べてもおいしいのですが、陽平くんから食べた時の方が何倍も幸せになる気がして」

そんなことを言われて、断れる人間なんてこの世にはいないと思う。

「もちろん。任せて」

大きく頷いて、ひめからチョコを受け取った。

包装を開ける。指でつまんで、ひめの口元にそっと差し出す。

「どうぞ」

「いただきます」

あみゅ、と。

やっぱりためらいはない。そして遠慮もない。

俺の指ごと頬張《ほおば》ったひめ。ぷにっとした柔らかい唇の感触と、微かにとがった八重歯のあたる感触がくすぐったい。

そして相変わらず、もぐもぐと咀嚼《そしゃく》する姿が微笑ましい。

「やっぱり……甘いですね」

ひめは幸せを噛《か》みしめるように、口をもにょもにょと動かしながら。

「陽平くんは、甘いです」

ほっぺたも、心も、とろけたように。

ふにゃっとひめは笑っている。

最近は聖さんがいる時にお菓子を食べることが多かったせいか、俺に頼ることもなかった。

なんだかこうして食べさせてあげるのが久しぶりな感じがする。

「もっと食べる？」

「はいっ」

それからしばらくおやつの時間をひめと過ごした。

「えへへ」

彼女はとても楽しそうだ。

洋服が乾くまでの間、暇をしないか心配だったけど……それは杞憂だったみたいだ。

『～～～♪』

ひめの小腹がちょうど満たされた頃合いで、一階の洗濯機から軽快なメロディが聞こえてきた。

洗濯終了のお知らせである。

「洋服、乾かしてくるよ」

「ありがとうございます。お願いします」

ひめをひざから下ろすのはやっぱり残念だったものの、こればっかりは仕方ない。さっさと干してから部屋に戻ろう。

自室から出て一階に降りる。まずは脱衣所の洗濯機からひめのワンピースを取り出してかごに投入。次に、肌着や下着類はなるべく見ないように配慮しながら乾燥機に入れてスイッチを入れた。よし、こっちはすぐに乾くだろう。

ただしワンピースだけは乾燥機に入れられないので、ハンガーに干すことに。

外を確認するとまだ雨模様だったので、リビングのカーテンレールにハンガーを吊《つ》るす。ひめのワンピースをセットして除湿器との位置を調整。

生地も薄いし三十分もあればたぶん乾く気がする。

さてさて。これで洗濯物は完了。

そういえば、ひめはのどが渇いていないだろうか。気になったので冷蔵庫からお茶を取りだした。俺の分も合わせてコップに二つ注《そそ》いでトレイに置き、二階へと上がる。

「ひめ？　飲み物も持ってきた……ん？」

声をかけて部屋に入る。

てっきり、彼女が待っていると思っていたのだが。

「あれ？」

ひめがベッドの上にいる。

「すぅ……すぅ……」

しかも目を閉じて、小さく寝息を立てている。

寝たふりにはまったく見えない。しっかりと意識がない。

洗濯物を干していた時間はわずか十分程度。その間に眠気が訪れたらしい。

(移動で疲れていたのかな)

おでかけして、雨に濡れたことで体力も消耗したのだろう。それからお風呂に入って体を温めた上に、お菓子を食べて小腹も満たされたとなれば……睡魔に襲われて無理はない、か。

「んにゃ」

俺の枕に顔をこすりつけるようにして幸せそうに目を閉じている。

……まず間違いなく寝ていると思うけど、一応確認しておこうかな。

「ひめ？　本当は起きてない？」

トレイをひとまず机に置いてから、軽く彼女の頬をつついてみる。

ぷにぷにのほっぺた。むにゅっとした感触がクセになる。ちょっと前に教室で触って以降、またいつかタイミングがあればと思っていたのである。

相変わらず柔らかい。そしてひめは起きる様子がない。完全に意識がなかった。

「無防備だなぁ」

警戒心がまったくないゆるゆるの少女。

とはいえ軽くイタズラしただけで俺はとても幸せになれたので、これ以上何もする気はない。

体が冷えないように布団《ふとん》をかけてあげて、最後にもう一度だけひめの髪の毛を撫でた。

「……かわいいなぁ、本当に」

寝ているとわかっているからか。

ついつい、本音の言葉が口に出てしまう。

聞こえていないことは分かっている。しかしその無防備な寝顔を見ていると、理性がゆるんでしまう。

「初めて会った時からずっと、そう思ってるよ」

入学式。ゴミ捨て場で出会った時から。

大人びていながらも、時折垣間見える子供っぽい一面に、ずっと魅了されている。

「こんなにかわいいと思った女の子は初めてだよ――なんて、ね」

もちろん聞こえていないことは分かっている。

しかし、言葉にするとなんだか急に照れくさくなった。

「……ふぅ」

息をついて、それからコップの水を一杯飲み干す。

それでも渇きはおさまらなかったので、もう一杯飲み干した。

ひめには起きた時にまた新しく冷たいお茶を用意しよう。

そう考えながら、空っぽになったコップを片付けに部屋を出た。


だいたい三十分くらいだろうか。

静かにしてひめを寝かせていたら、それくらい経ったタイミングで急にスマホが鳴った。

慌てて自分のスマホを見る。いや、音の発生源はこれじゃない。

「ひめか」

机の上に置いてあったひめのスマホが着信を知らせている。

その音に彼女も気付いたようで。

「ん……ぁ」

むくりと体を起こして、寝ぼけ眼《まなこ》のまま俺を見た。

「………」

無言だ。寝起きだからか状況がよく分かっていないようにも見える。

できれば意識が覚醒《かくせい》するまで待ってあげたいところ。しかしスマホが鳴っているのでそうもいかない。

「おはよう。電話きてるよ」

彼女のスマホを手に取って立ち上がり、ベッドまで持って行ってあげた。

「……ありがとうございます」

ぼんやりしていながらもお礼の言葉が出てくるのがひめらしい。いい子だなぁ。

「もしもし……あ、はい。お迎え？　時間……あっ」

電話をしながら少しずつ目が覚めてきたらしい。

時間を確認したひめは、ようやく状況を理解したかのように慌てた様子でスマホを握りなおした。

「今、雨宿りで陽平くんの家にお邪魔していて……そうですね。そろそろお迎えをお願いします。場所はＧＰＳで分かりますか？　……なるほど、もう把握しているようで良かったです。はい、よろしくお願いします」

恐らく迎えの確認かな？

現在時刻は十七時。日はまだ高いが、帰宅の頃合いみたいだ。

「ごめんなさい。陽平くんが洗濯物を見に行っている時に眠気を感じて、少しだけ横になるだけのつもりでしたが……いつの間にか寝ていたみたいで」

「全然いいよ。疲れていたと思うし」

「……ベッドに勝手に眠ってしまいました」

気にしなくていいのに。ひめはなんだか申し訳なさそうだ。

大丈夫と再度言ってあげるよりも、彼女の罪悪感を拭ってあげるのであれば……こう言った方がいいかな。

「ひめの寝顔が見られて楽しかったよ」

「え？　寝顔、ですか」

途端にひめは恥ずかしそうな表情を浮かべた。口元を布団で隠している。

「ベッドの使用代には十分かな」

「……よだれとか出てなかったでしょうか」

「大丈夫。かわいい寝顔だったから」

「かわいい……えへへ」

褒めると恥ずかしさも軽減したようで、ひめはようやく布団から顔を離してくれた。

さてさて。寝起きのひめをからかうのはこれくらいにしておいて。

「さっきはお迎えの電話？」

なんとなく察してはいるのだが、改めて確認のために聞いておいた。

「三十分後くらいには到着するみたいです」

「そっか。じゃあ、そろそろ着替えておいた方が良いね」

「お着替えは……あ、もう乾いているのですか」

そうなのだ。ひめが起きるつい数分前にワンピースの様子を見に行ったら乾いていたので部屋に持ってきておいた。肌着なども乾燥機からかごに入れて持ってきている。

「……あ、ありがとうございますっ」

ひめも着替えが一式そろっていることに気付いたみたいだ。

下着があることもちゃんと見えているのだろう。すごく恥ずかしそうだ……ごめんね、なるべく見ないようにはしたけど。

と、伝えたところでもっと動揺すると思うので口を閉ざしておく。

あの子から何も言わないのは、きっと言葉にしちゃうと余計に意識してしまうからだろう。

「のど乾いてる？　飲み物を持ってくるから、その間に着替えておいて」

「よろしくお願いします」

少しだけ一人にしてあげよう。

その気遣いすらも、たぶんひめは気付いていると思う。変に遠慮することなくお願いされたので、自然な流れで部屋を出ることができた。

いつもよりゆっくりと一階に降りてコップにお茶を注ぐ。

二階の自室に戻って、念のため扉の外から声をかけておく。

「ひめ、入ってもいい？」

「どうぞ。もう着替えは終わりましたので」

ちゃんと確認して、ハプニングが起きる余地をなくしてから部屋に入る。

ベッドの上にはワンピース姿のひめがいた。お行儀よくちょこんと座っている。

その手には先程まで着用していた俺のシャツが握られていた。地面に投げ捨ててもいいのに……ひめがそんな乱暴なことするわけないけど。

「洋服、どう？　ちゃんと乾いてる？」

「はい。おかげさまでとても着心地がいいです」

良かった。綺麗に対処できたみたいで何より。

「じゃあ、さっき着てたシャツは洗濯しちゃおうかな」

迎えが来るまでまだ少し時間がある。

その間にまだ洗濯していない俺の濡れた衣服や、ひめの着替え代わりに着用していたシャツをまとめて洗ってしまおうと思ったのだが。

「…………」

ひめの反応がない。

受け取ろうと手を伸ばしたのに、彼女がシャツを差し出してくれない。

「ひめ？」

「……陽平くん？」

いや。名を呼び合う状況ではないような。

いったいどうしたんだろう。戸惑ってひめを見ていると、彼女は申し訳なさそうに目をそらして……それから意を決したように、勢いよく立ち上がった。

「一つ、わがままを言ってもいいでしょうか」

「な、なに？」

珍しい。そういえばひめがわがままを言ったことはないと思う。

そもそも他人に迷惑をかけたがらない子なのだ。よっぽどのことなのだろう。

無意識に固唾をのんでしまう。彼女は何を要求するのか。

「……ください」

「ください、とは？」

「こ、これを、くださいっ」

ギュッと目を閉じながら。

おねだりしてきたのは、先程まで彼女が着ていた俺のシャツだった。

「着ているとすごく落ち着くといいますか……よく眠れたので」

ひめにとっては大きめなサイズだから着心地が良かったのかな？

そう言っているように感じる。

ただ、彼女が伝えたかった本意ではなかったらしい。

「いえ、ごめんなさい。今のは建前《たてまえ》です。もちろん、嘘《うそ》ではないのですが」

訂正された。わざわざ否定するあたり、もっと伝えたい気持ちがあるのだと思う。

「あの……」

「あげるのは全然いいよ。ただ、理由は聞いてみたいなぁ」

言いよどんでいたので、促してあげる。

俺が聞きたいという理由があった方が、ひめはきっと話しやすいと思ったから。

「……陽平くんとの思い出を、形にしておきたくて」

物がほしいわけではない。そこに宿る思い出を彼女はほしがっているみたいだ。

「今日はわたしにとって、すごく素敵な一日でした。記憶力はいいので、忘れることはないのですが……思い出すだけでは、物足りなくて」

ギュッと、シャツを握りしめるひめ。

手放したくないという意思がハッキリと見える。

それくらい、今日の出来事を楽しんでもらえたみたいだ。

「ごめんなさい。わがままを言ってしまって」

「わがままだなんて、思わないよ」

謝る必要はない。

むしろ、ひめが自分の欲求をぶつけてくれることを、俺は好ましく思う。

それだけ信頼されているのだなと、嬉しい気分になるのだから。

「ひめが考えていることをたくさん知られて、今日は楽しい一日だった」

「そんな……陽平くんも、楽しんでくれたのですか？」

「もちろん。ひめの学校では見えない一面がたくさん見られて面白かったよ」

ゲームに熱中していた。

ぬいぐるみをもらってはしゃいでいた。

お菓子コーナーで目を輝かせていた。

お風呂に入れられて顔を赤くしていた。

髪の毛を乾かしてあげると甘えてきた。

お菓子を食べて幸せそうだった。

寝ている顔が無防備で愛らしかった。

そして、シャツをほしいとわがままを言ってくれた。

学校で一緒にいるだけでは見ることができなかった顔を、色々と見ることができた。

「本当に楽しかった。たぶん、ひめと同じくらいには」

気持ちは一緒だ。

だから、思い出を形として残しておきたいという君の気持ちも、分かるよ。

「ありふれたシャツで良ければ遠慮なくもらって」

頷くと、ひめはシャツを握る手をゆるめる。そして今度は自分の胸に抱きしめてから、照れたようにはにかんだ。

「ありふれたなんて、とんでもないです」

「いやいや。千円くらいの安いシャツだし」

「値段じゃないです。陽平くんが着用していた、世界でただ一つの特別なお洋服ですから」

……きっと無意識なんだろうなぁ。

何か特別な意図がある言葉ではないはず。

でも、ひめの何気ない一言は、俺の気持ちを温かくしてくれる。

無自覚で、まっすぐで、純粋なひめの思いに、俺は癒《い》やされている。

「そう言ってくれたら、あげた甲斐《かい》があるよ」

年上として、余裕があるふりはしている。

しかし、内心では舞い上がってしまいそうなほどに喜んでいた。

(特別に思ってくれていたのは、俺だけじゃない)

──住んでいる世界が違う。

入学式の時、壇上に上がるひめを見て強くそう思わされた。

近くにいることすらおこがましい。俺のような凡人にとっては恐れ多い存在に見えていた。

あれから色々あって、奇跡的な縁で仲良くなれた今も、ふとした拍子に自分の立ち位置に疑念を抱くことがある。

俺のような普通の人間が、ひめの隣にいていいのか……と。

もちろんそれは卑屈な思考だと分かっている。自己否定なんて不要だ。自分で自分を傷つける行為に意味がないことも理解している。

普段はそういうことを意識しないように心がけている。でも、まったく気にしていないわけでもなかった。

そのせいで、ひめの『特別』という言葉が心に深く刺さるのかもしれない。

こんなに俺のことを評価してくれるのは、この子しかいない。

だからこそ俺も、余計にひめを『特別』だと思ってしまうのだろうか。

「……あ、お迎えが来たようです」

色々考えていたら、もう帰宅の時間が訪れたらしい。

少し名残惜しさはあるものの……また次も遊べばいいので、寂《さび》しさはない。

玄関まで一緒に行ってから、それから手を振った。

「ひめ、今日はありがとう」

「いえいえ。こちらこそありがとうございました」

最後にもう一度、ぺこりと頭を下げて。

「ばいばい、陽平くんっ」

それから満面の笑みを見せてくれた。

「……う、うん。また明日」

「えへへ」

慌てて俺も手を振り返す。

ひめは嬉しそうにもう一度笑ってから、扉を開けて外に駆けていった。

……かわいかったなぁ。

つい見とれて、手を振り返すのを忘れそうだった。

『妹にしたいくらい、ひめのことはかわいく思ってる』

ふと、あの時の言葉を思い出す。

もちろんその思いは事実だ。

だけど……まさかあれを超えるくらい、ひめのことをかわいく感じるようになるとは。

もう、うまく自分の感情を言葉にすることはできないかもしれない。

妹になってほしい以上の愛情を、他の表現でたとえるのは難しい。

恐らくこの気持ちはひめに伝えても困惑させるだけなので……まだ、心の奥底にしまっておかないといけないけど。

いつか整理できた時に、改めてひめに届けたいと思った。

そうしてあげたら、きっと喜んでくれるはずだから。

こうして、ひめと初めてのおでかけが終わった。

今日はまるでお菓子のように、甘くて幸せな一日だった——。

エピローグ　ばいばいっ

夏休みまで残り十日を切っている。

俺たちが通っている白雲《しらくも》学園において、それはつまり——期末試験が迫っていることも意味しているわけで。

「苦しい……苦しいよぉ」

放課後の教室でうめき声が響く。

出どころは俺のすぐ隣。数学の問題用紙を前に頭を抱えている聖《ひじり》さんから発せられたものだった。

「見たくない。もう、問題なんて見たくないっ」

駄々をこねるように首を横に振っている聖さん。

泣きべそをかく彼女を見て、ひめは小さくため息をついていた。

「はぁ……このままでは今年の夏休みも課題ばっかりになっちゃいますよ？」

「うぅ。課題もやだよ～……夏休みはおうちでゆっくりしたいのにっ」

「それならがんばるしかありません」

「ひめちゃん。私は『がんばる』って言葉が嫌いなんだよ？」

「だったら課題の日々を受け入れるしかありませんね」

「それもやだぁ～」

こんな感じで先程からずっと押し問答が続いている。

放課後にひめたちとテスト勉強をしようということで今日は教室に残っていた。大半の時間は聖さんに勉強を教えているので、俺とひめの勉強は後回しになりそうだけど。

期末試験まであと一週間。生徒会の仕事も完全にお休みとなったらしい。

おかげでこうして勉強できる時間が確保できているのだが、効率はあまり良くなかった。

「こんな調子で毎回勉強しないんです。陽平《ようへい》くん、どうしたものでしょうか」

ひめが困ったように俺を見ている。

聖さんの勉強が進まないことを悩んでいるらしい。

そうは言われても、俺の成績も平均くらいなので決して良くはないんだけどなぁ。

いや、でも聖さんは最下位みたいだし……むしろ当たり前のように一位をとれるひめと比べたら、まだ俺の方が寄り添ってあげられるのかもしれない。

「聖さん、こっちの問題から解いてみよう。この公式を使えば解《と》けるから」

「えー？　どうせ私には分からないと思いまーす」

拗《す》ねていた。むすっとほっぺたを膨らませている。

聖さんはひめと真逆。大人びた顔つきだけど、たまに仕草や性格が子供っぽくなる。

だとしたら、こうしたらいいのかな?

「一つ問題が解けるたびに、このチョコレートを一つプレゼントすると言ったら?」

ふてくされた聖さんに、アルファベットが刻印されたミニサイズのチョコレートを見せてあげる。一つ一つが個包装されていて食べやすく、勉強の合間にもってこいのお菓子だ。

「——やる!」

迷いはなかった。いい返事である。

「なるほど、お菓子で釣れば良かったのですか」

ひめは感心したように俺の手腕を褒めてくれた。

「ドッグトレーニングと同じ要領ですね。成功報酬として食べ物を与えることで、その行動をすれば美味《おい》しいものがもらえて楽しいものだ——そう認識するようになる、と」

えっと……姉を犬と同じように見ていいかどうかはさておき。

さすがにそこまでは考えていなかった。せいぜい、お菓子がモチベーションになってくれたらいいなぁ程度である。うまくいきそうで良かった。

「よーへー、この数字はこっちに当てはめればいいの?」

「そうそう。そのまま代入して……あ、そこの計算が間違えてるから見直してみて」

「……できた! これでどう?」

「うん、正解だよ。よくできたね」

「え？　本当に？　やったぁ～」

聖さんはゆるい笑みを浮かべる。

問題が解けて嬉しいのか。

「いただきまーす。あま～い」

あるいは、俺からもらったチョコが美味しかったのか。

いずれにしても先程みたいな苦しい顔ではなくなったので、良かった。

聖さんは成績こそ悪いかもしれないけど、決して何も考えていない人ではない。

この調子で勉強を進めれば、赤点も回避できると信じている。

がんばれ、聖さん。

一生懸命問題を解く彼女を心の中で応援しながら見守っていると、

『ツンツン』

腕をちょこんとつつかれた。何事かと思って見てみると、ひめと目が合った。

「ひめ、どうかした？」

「……えっと」

少し歯切れが悪い。何か言いたげだが、遠慮して口ごもっているように見える。

ただ、その視線が俺の手元に移ったので、すぐに察することができた。

「チョコ、ひめも食べる？」

「――はいっ」

よし。ひめが声を弾ませたので正解を確信する。

聖さんのご褒美用だと思って遠慮していたのかもしれない。もともとはみんなで食べたくて持ってきているから気にしないでいいのに。

「ちょっと待ってね。今、開けるから」

ひめにお菓子をあげる時は包装紙を剝《は》がしてからあげることにしている。

自分の手でも開けられると思うのだが、そうしてあげた方が直接食べやすいということもあって、いつしか裸のお菓子を差し出すようになった。

「どうぞ」

「ありがとうございます。いただきます」

とはいえ今日は聖さんもいるので、俺の指から食べることはないだろう。

そのまま受け取ってくれると、思っていたのだが。

『ぱくっ』

間はなかった。

いつものように自然な動作で、まるで聖さんがいても関係ないと言わんばかりに……ひめが、俺の指からチョコにかぶりついた。

「んっ。甘いです……えへへ」

ひめは幸せそうにとろけている。

つい聖さんの存在を忘れていた、とか。

いつもの調子で思わず食べてしまった、とか。

そういう故意的な流れですらない。

ひめは聖さんに見られてもいいと言わんばかりに、俺の指から食べた。

びっくりした。ただ、俺は慣れているので動揺はない。

しかし、彼女は違う。

「……っ」

ひめの頭ごし。俺を見ながらお菓子をもぐもぐしているひめの後方には、聖さんの驚いた顔が見えている。

信じられないと言わんばかりにひめの後頭部を凝視して、それから今度は俺に視線を移す。

(よーへー？　これ、どういうこと？)

そう目で問いかけているように感じた。

どうと聞かれても、説明が難しいなぁ。少なくとも視線でこの状況を伝えるのは絶対に無理な気がする。

なので、肩をすくめてはぐらかす。そうすると聖さんは諦《あきら》めたかのようにため息をついて、もういいと言わんばかりに首を横に振る。

それから彼女は『しー』と口元に人差し指を当てた。

（私が見ていることを言わないで）

そういうことだろう。今まで声を発さなかったのも、恐らくはひめに自分が見ていることを気付かれないように配慮したのだと思う。

聖さんの目を意識したら、ひめが恥ずかしがるかもしれない。それを彼女は懸念しているように見えた。

察して小さく頷《うなず》いたら、聖さんはひめから視線をそらして問題用紙と再び向き合った。

「うぅ。分からない……分からないよぉ～」

今度は大きめの声を上げて、自分の存在を主張する。

それでいて問題をずっと解いていましたと言わんばかりのセリフだ。

「……お姉ちゃん、声がすごく情けないですよ」

おかげで、ひめは過剰に照れたり恥ずかしがることはなかった。

見られたかもしれないとすら思ってないだろうし、そもそも見られたかどうかも気にしていない様子。彼女の思惑通りだ。

（聖さんも、ひめの変化には気付いているよなぁ）

何せ姉なのである。俺よりもひめの様子には敏感だろう。

正直なところ、俺もひめの心情まではまだ把握できていない部分も多い。

未《いま》だに、こんなに懐いてくれた理由も、実はよく分かっていない。

ただ、彼女の変化は絶対に悪いことではないと確信は持っている。

むしろいい方向に変化……というよりは、成長しているように感じていた。

だってひめは、すごく幸せそうだ。

だから聖さんにこう言ってあげたい。

——心配しないでも大丈夫だよ、と。


だいたい二時間くらいだろうか。

そろそろ星宮《ほしみや》姉妹の迎えが来るということで、勉強会は終わりとなった。

校門まで二人と一緒に向かう。星宮家の車はまだ到着していないようだが、もうじき来るとのことでここでお別れとなる。

「よーへー。今日はありがと～。また明日もよろしくね」

「いえいえ。聖さん、勉強がんばって」

「……うぅん」

それは肯定の『うん』なのか、否定の『ううん』なのか、『うーん』と唸《うな》っただけなのか。

気になるけど、肯定だと信じよう。

まずは聖さんに別れのあいさつをすませると、すかさずそわそわしていたあの子が声をかけてくれた。

「――帰り道、気を付けてください」

まるで自分の順番を今か今かと待ち構えていたかのように。

そんな彼女につい笑みがこぼれる。

「聖さんがサボらないかちゃんと見張っておいて」

「任せてください。陽平くんから教わったドッグトレーニング作戦を実行します」

「ワンちゃんと同じ扱いしないでっ」

聖さんが横から口を挟んでくるが、俺は別に犬扱いしていないので悪くない。そこは後ほど姉妹間で話し合ってもらうことにして。

「ひめ、また明日」

「……はい」

手を振ってから歩き出そうとする。

ひめもいつものように笑顔で手を振り返してくれると思っていたのだが、今日は少し物足りなさそう……いや、寂しそうな表情を浮かべた。

まるで、さよならはまだしたくないと言わんばかりに。

ただ、迎えの車はすぐ来るわけで、この問題はどうにもならない。そのことが分かっているからこそ、彼女は何も言わないのだろう。

とはいえ……できればこういう顔をさせたくないので。

「夏休みも、たくさん遊ぼう」

その言葉と一緒に彼女の頭に手を置いた。

柔らかくて肌触りの良い髪の毛をすくように指を入れて、優しく左右に撫《な》でてあげる。

少しでも寂しさが紛れてくれることを期待しての行動だったのだが。

「……えへへ」

効果は想像以上。暗い表情から一転、今度はふにゃっとした笑顔が浮かぶ。

こちらの気持ちが伝わってくれたのかな。

賢い子だから、その思いも含めて喜んでくれているように見えた。

「ぜひ。たくさん、遊びましょう」

力強く頷いて、ひめが顔を上げた。

『もう大丈夫です。おかげで元気が出ました』

言葉にしなくてもひめがそう思っていることが分かる。

明るい顔つきになってくれて良かった。

安心して手を離してから、もう一度手を振る。

するとと今度は、ひめも手を振り返してくれた。

「陽平くん、ばいばいっ」

その声を最後に、俺は歩き出した。

無邪気な仕草にこっちまで気持ちが明るくなる。足取りも軽くてふわふわしていた。

一年前では考えられない日常を送っている。

浮き足立つのも無理はない。

ひめと仲良くなって以降、とても賑《にぎ》やかな毎日を過ごしていた。笑顔も自然と増えているように感じる。

入学式の時。ゴミ捨て場からの帰り道で話しかけられなくて、ずっと後悔していた……しかし二年生に進級したとある日、ひめが放課後の教室でおなかを鳴らした。

あの時に勇気を出して良かった。

前みたいに気づかないふりをしていたら……今頃《いまごろ》、こうして彼女と仲良くなることもなかったと思う。

年は離れている。

生まれも育ちもまったく違う。

才能だって雲泥の差。

平凡な俺とは住んでいる世界がまるで違う、浮世離れした天才少女。

しかしそれでも……彼女は仲良くしてくれた。

それがとても嬉しかった。

この関係が、なかったことにならないように。

ひめとの心地良い日常を大切にして、手放さない。

そう、強く決意しながら帰り道を歩いた。


……梅雨が明けた。

ジメジメとした日が減ったというのに、今度は灼熱《しゃくねつ》の日差しに苦しむようになった、そんな季節。

夏はそこまで好きじゃない。

どちらかというと寒い日の方が得意だけど……今年は不思議と、夏を嫌だと感じていないことに気付いた。

むしろワクワクしていた。気持ちもすごく晴れやかである。

そう思わせてくれたあの子に感謝だ。

ひめと過ごす夏休みが、すごく楽しみだ——。

After. 誰にも懐かない飛び級天才幼女が、俺にだけ甘えてくる理由

Darenimo natsukanaito bikyuu TENSAIYOUJO ga, ore ni dake AMAETEKURU riyuu

——星宮《ほしみや》聖《ひじり》は小さく笑った。

（よーへーは本当に不思議な男の子だなぁ）

先程手を振って別れを告げた男の子、大空陽平《おおぞらようへい》が視界の先を歩いている。

彼の後ろ姿をじっと眺めながら、聖はこんなことを考えていた。

（どこからどう見ても普通なのに……なんで他の男の子と違うんだろう？）

これといって特徴のない平凡な男子高校生。歩き方はもちろん、後ろ姿も、顔つきも、能力も、全《すべ》てにおいて普通と言っても差し支えがない同級生。

だというのに、

（ひめちゃんがあんなに懐くなんて）

あの警戒心が強い妹……星宮ひめに彼は慕われている。姉だからこそひめの気難しい部分を知っている聖にとって、陽平という存在は『普通』ではない。

『陽平くんと結婚してください』

ふと、ひめの言葉を思い出した。

姉に結婚をすすめるほど、ひめに心から信頼されている少年がいる。

そのことを聖は未《いま》だに慣れないでいる。

(結婚の話をされた時はびっくりしたなぁ)

最初は疑心暗鬼だった。妹がたぶらかされたのではないかと心配もしていた。

姉としてひめを守るために、あえて自ら彼に歩み寄った。

そして理解した。いや、理解させられてしまった。

(面倒見が良くて、落ち着いていて、話をちゃんと聞いてくれる。否定せずに、ちゃんと受け止めてくれる……ひめちゃんが懐く理由も分かるよ)

ひめが陽平に懐いている理由を。

自分に結婚をすすめるくらい魅力がある人だと認識している意味を。

(よーへーの隣にいると、すごく落ち着くよね)

一緒にいて安らげる人。

家族以外でそんな存在は聖も初めてだった。

(……ちょっと、いいかも)

だから、実は満更でもなかったりする。恋愛には疎《うと》いというか、興味がない性格なので、陽平のことはまだまだ異性として認識はしていないのだが。

しかし印象は悪くない。

むしろ、こんなにも好感度が高い男子は初めてだった。

（この調子ならいつか、恋してもおかしくない……かな？）

まだまだ認識は薄いものの、可能性は感じている。

そう思わせてくれる存在と出会えたのは妹のおかげだ。

改めて、ひめの思いやりに感謝の気持ちが溢れてきた聖は、彼女に声をかけた。

「ひめちゃん、あのね――」

今、自分が陽平に抱いている感情を伝えようとする。

しかし、その前に。

「……………」

「あ、あれ？」

聖は妹の様子がおかしいことに気付いた。

「ひめちゃん？　おーい？」

「……………」

何度呼びかけても返事がない。気になって様子を見てみると、ひめはぼーっとしていた。

陽平が歩き去っていた方向を見たまま、心ここにあらずと言わんばかりの表情で前方をぼんやりと眺めている。

もちろん彼はすでにいない。誰《だれ》もいなくなった道路を、ひめはずっと見つめている。

（体調不良……じゃ、ないよね？）

熱中症を疑ったものの、すぐにそれはないと感じた。

「……えへ」

返事はないが、ひめは笑っていた。いや、ニヤけていたと言ってもいいかもしれない。

ほっぺたはほんのりと紅潮していて、目もとろんとしている上に、口元もふにゃふにゃにゆるんでいる。

体調不良とは思えないほどに幸せそうな表情。

それを見て、聖は驚愕《きょうがく》した。

（え？　こ、これって……まさか）

理屈じゃない。急に第六感めいた感覚で、こう感じた。

（もしかしてひめちゃんって――よーへーのこと……好き、なの？）

もちろん、人としてという意味ではない。

異性として、妹が陽平に恋をしているのではないかと、聖は直感したのである。

頭を撫《な》でられてぼーっとするくらい浮かれている妹を見て……恋しているに違いないと、聖は確信した。

（そういえば、教室でも！）

点と点が結ばれて、一本の線となる。

先程、教室で陽平が持っているチョコをひめは直接食べた。

彼の指ごと、口をつけて頬張《ほおば》った姿を見て、聖は違和感を覚えた。

ただ懐いているだけであそこまではしない。少なくとも姉である聖は、あんなことをされたことがない。

どうしてひめがこんなに甘えているのか。その時はまだ分かっていなかったのだが……好きだからこそなのだと考えたら、納得がいった。

（えー⁉　ど、どどどうしようっ）

恐らくは無自覚だろう。

そうでなければ、好きな人との結婚を姉に促すわけがない。

そもそもひめは八歳だ。恋に気付ける年齢じゃないのだから。

星宮聖。十七歳。夏。

ちょっとだけ気になっている男子が、妹が恋している男子と同じことに気付いてしまった。

（お姉ちゃんはどうしたらいいのかな、ひめちゃん⁉）

あまりにも予想外の事態に、聖は内心ですごく焦《あせ》るのだった――。

あとがき

本作を手に取ってくれてありがとうございます！

作者の八神鏡です。

『誰にも懐かない天才飛び級幼女が、俺にだけ甘えてくる理由』

いかがだったでしょうか。楽しんでいただけていることを、心より祈っております。

本作は小説家になろうで掲載していた作品ですが、書籍化にあたって一から全て書き下ろしております。内容もウェブ版とは大きく異なっております。

既にウェブ版で読んだ方にも楽しんでいただける一作になっているという自負があります。ぜひぜひ、よろしくお願い致します。

また、書籍を読んでくださった方にも、ぜひウェブ版を読んでいただけたら嬉しいです！

小説家になろうで掲載している方は、良くも悪くも僕が好き勝手書いております。粗削りではありますが、色々とチャレンジもしております。もし良ければ、どうぞよろしくお願い致します。

本作、僕自身も書いていてすごく楽しい一作でした。小さな女の子のかわいさを文章でどう表現するか日々模索していたので、ようやくお披露目することができました！

元々、小説家になろうで掲載していた当初は書籍化するだなんて夢にも思っていませんでした。

大好きな幼女系ヒロインを書きたいあまり流行を無視して連載を始めたのですが、好きなものを詰め込んだ結果、こうして奇跡的なご縁に恵まれてひめちゃんや聖を世に送り出すことができました。

本作を見つけてくださった編集さんとGA文庫様には頭が上がりません。本当にありがとうございます。

おかげさまですごく満足のいく作品を書くことができました！

やっぱり幼女はかわいいです。最高でした。


以下、謝辞となります。

キャラクターたちをかわいくデザインしてくださったあろあ様、素敵な作品に仕上がるようにアドバイスをくださった担当編集様、本作を世に送り出させてくれたGA文庫様、その他本作に携わった関係者の皆様。

そして、この本を読んでくださった読者様！

本当に、本当に、ありがとうございました。

また、こうしてあとがきが書けるようにがんばります。

これからもよろしくお願い致します！

八神鏡

ファンレター、作品の
ご感想をお待ちしています

〈あて先〉

〒105-0001
東京都港区虎ノ門2-2-1
SBクリエイティブ(株)
GA文庫編集部 気付

「八神鏡先生」係
「あろあ先生」係

本書に関するご意見・ご感想は
右のQRコードよりお寄せください。

※アクセスの際や登録時に発生する通信費等はご負担ください。

https://ga.sbcr.jp/

誰にも懐かない飛び級天才幼女が、俺にだけ甘えてくる理由

発　行　2024年12月31日　初版第一刷発行

著　者　八神鏡
発行者　出井貴完

発行所　SBクリエイティブ株式会社
〒105-0001
東京都港区虎ノ門2-2-1

装　丁　AFTERGLOW

印刷・製本　中央精版印刷株式会社

ISBN978-4-8156-2906-9

Printed in Japan　GA文庫